KB024051

전생을 기억하는 개

Franz Marc, <Dog Lying in the Snow>, 1911

# 전생을 기억하는 개

조항록

담
살

## 이것은 재미와 각성을 담은 당의정

내 생각에, 우화는 당의정이다.

아무리 효과가 좋다고 한들 너무 쓰거나 불쾌한 냄새를 피우는 약에는 사람들이 선뜻 손을 내밀지 않는다. 그래서 자그마한 알약으로 만든 다음 그 표면에 당분을 둘러놓은 것이 당의정이다.

당의정에는 흔히 색깔을 입힌다.

그렇게 해야 원재료가 대개 흰색인 알약을 서로 구분하기 쉽기 때문이다. 마치 꽃처럼 붉거나 푸르거나 노란 알약. 게다가 얼핏 달달하기까지 하니 어린아이들도 큰 거부감 없이 약을 받아들인다.

우화라는 형식의 기능이 바로 당의정과 같다.

타인이 들려주는 엄격한 교훈과 경각심에 귀 기울이는 일은 쓰디쓴 약을 삼키는 것과 비슷하지 않나. 타인이 들이미는 날것의 감정과 선전 선동에 마주하는 일은 자주 불쾌하기 짝이 없는 노릇 아닌가. 그때 더없이 효과적인 글의 형식이 다름 아닌 우화다.

교훈과 경각심을, 감정과 선전 선동을 전하는 데 우화만 한 형식이 없다. 우화는 당의정처럼 긍정적인 착각 안에 메시지를 담는다. 우화를 읽다 보면 자기도 모르는 새 삶과 생활의 어떤 질병을 치유받는다.

이 책에 창작해놓은 69가지 우화에도 그와 같은 효능이 있기를 기대한다. 별것 아닌 것 같은 시시한 이야기들이 글을 읽는 이들에게 잠시나마 재미와 각성을 안겨주면 더 바랄 나위 없겠다. 잠깐의 재미와 각성이 쌓이고 쌓여 결국 우리의 일생이 완성되니까.

2024년 6월

이솝과 라퐁텐에게 경의를 표하며,
조항록

Franz Marc, <Vermilion>, 1913

세상의 우화愚話를 전하는 69가지 우화寓話

# 차례

Pierre Pinsard, <Why···Why>, 1929

## 오리의 비밀

동네 하천 주변에 일곱 마리 오리 무리가 보였다. 요 근래 한 배에서 나와 자란 것들 같았다. 막 새끼 티를 벗은 몸짓에 하나같이 기운이 넘쳤다. 그 하천에는 치어들이 많아 먹고살 걱정은 없을 듯했다. 그만해도 꽤 괜찮은 조생鳥生이겠거니 싶었다. 그런데 며칠 지나지 않아 주민들의 눈길을 사로잡던 오리들에게 이상한 일이 벌어지기 시작했다.

어느 날, 일곱 마리 오리가 여섯 마리로 줄어들었다. 사흘 뒤에는 다섯 마리, 다시 이레 뒤에는 네 마리로 줄었다. 주민들은 어떤 짓궂은 사람이 자꾸 오리를 죽인다고 생각해 구청에 민원을 넣었다. 구청 직원이 나와 하천 주변을 둘러보니 여기저기 오리 사체들이 널브러져 있었다. 처참했다. 상처 입어 한 움큼씩 털이 빠진 오리 몸에 파리가 잔뜩 들러붙었다. 구청 직원은 누가 몹쓸

짓을 하는지 밝히려고 하천 주변을 비추는 CCTV를 살펴보았다.

놀랍게도, 범인은 사람이 아니었다. 오리 살해범은 다름 아닌 오리였다. 오리가 일곱 마리였을 때, 여섯 마리 오리가 무리 중 가장 약해 보이는 한 녀석을 마구 쪼아대 숨통을 끊었다. 그리고 다음날부터는 다섯 마리 오리가 다시 가장 약해 보이는 한 놈의 머리통을 집단 공격해 피범벅을 만들었다. 그 오리가 죽자, 이번에도 곧 똑같은 상황이 반복되었다. 언제 네 마리 오리 중 세 마리만 살아남을지 모를 일이었다. 오리 무리에 언제 평화가 찾아올는지 아무도 알 수 없었다.

# 어긋난 처세술

한 청년이 카나리아를 사육하기로 마음먹었다. 노란색 카나리아 한 쌍을 구해 은빛 창살이 반짝이는 새장에 넣어 키우기 시작했다.

옛날 한국 가수 중에 '카나리아'라는 예명을 가진 이가 있었다. 카나리아는 '꾀꼬리'라는 수식어만큼이나 인간의 아름다운 목소리를 상징하는 표현이었다. 꾀꼬리는 야생 조류이니, 어느 면에서는 카나리아가 사람들에게 더 친숙하지 않았을까? 카나리아 가문의 영광을 잘 아는 노란색 카나리아 한 쌍은 이른 아침부터 신나게 노래했다. 아직 잠에서 깨지 않은 청년의 좁은 방 안에 날마다 카나리아 울음소리가 가득했다.

"에이, 잠 좀 자자! 예쁘게 생겨서 사 왔더니 시끄러워 못 살겠네!"

그랬다. 청년은 카나리아가 아름다워 관상용으로 키우

고 싶었다. 그 카나리아 한 쌍이 하루 종일 지저댈 줄 알았더라면, 조용한 것을 좋아하는 그의 성격에 집 안에 새를 들일 리 없었다. 청년은 고민하다가, 어느 날 밤 동네 공원 어귀에 새장과 함께 카나리아를 몰래 내놓았다. 누구든 관심 있으면 가져가 키우라는 생각이었다.

하룻밤이 지났다. 다행히 카나리아 한 쌍은 간밤에 길고양이의 먹이가 되지 않고 살아남았다. 때마침 공원에 산책 나온 다른 청년이 카나리아 새장을 발견해 집으로 가져갔다.

"이렇게 귀여운 새들을 누가 버렸을까?"

노란색 카나리아 한 쌍의 두 번째 주인이 된 청년은 창가에 새장을 놓아두고 정성껏 돌보았다. 사료도 가장 값비싼 것을 구입해 부족함 없이 넣어주었다. 아침마다 부드러운 햇살이 한 쌍의 카나리아를 노랗게 비추었다.

그런데 이상했다. 카나리아가 노래하지 않았다. 청년이 이제나저제나 기다렸지만 도무지 울음소리를 들을 수 없었다. 실은 노란색 카나리아 한 쌍이 두 번째 주인을 만나 새 집으로 오던 날, 수컷 카나리아가 암컷 카나리아의 귀에 소곤거렸다.

"여기서는 절대로 노래하면 안 돼. 다시 밖으로 쫓겨나 캄캄한 공원에서 밤을 지새우고 싶지 않다고."

암컷 카나리아도 맞장구를 쳤다.

"그럼, 노래하면 안 되지. 난 어둠 속에서 보았던 길고양이들의 눈빛을 잊을 수가 없어."

그렇게 노란색 카나리아 한 쌍은 아름다운 노래 대신 단단한 침묵을 선택했다. 그런데 문제는 청년이 카나리아의 노랫소리를 간절히 기대했던 것. 그는 어여쁜 겉모습만 보기 위해 새를 키우고 싶지 않았다. 자기 귀 가까이에서 노래를 들려주지 않는 새들은 창 밖에도 많다고 생각했다.

노란색 카나리아 한 쌍의 두 번째 주인이 된 청년은 며칠 동안 고민했다. 그러고는 카나리아 새장을 다시 공원에 가져다두기로 결정했다. 원래 있던 자리로 돌려놓는 것이라 미안한 마음도 별로 없었다. 그는 새장 안 먹이통에 사나흘 먹을 만큼 수북이 사료를 넣어주었다. 노란색 카나리아 한 쌍이 고개를 갸웃대며 이리저리 새장 안을 날아다녔다. 대체 무슨 일인지 알쏭달쏭했다. 어쨌거나 두 마리의 카나리아는 울지 않았다.

Tadeusz Makowski, <Two little girls beside a cage with a canary>, 1922

# 공짜는 없어

몹시 추운 겨울이었다. 며칠째 먹잇감을 찾지 못해 굶주린 매가 얼음장 같은 하늘을 맴돌았다. 그날도 생쥐 한 마리 눈에 띄지 않았다. 그때, 저 멀리 농가에 닭장이 보였다. 혹시나 해서 가까이 다가가 보았지만 꼼꼼히 철망을 둘러놓아 빈틈을 찾을 수 없었다. 닭들은 닭장 밖의 세상이 어떻든 신경 쓰지 않고 부지런히 사료만 쪼아댔다. 그들은 겨울을 나는 데 아무런 걱정이 없는 듯했다. 매일 아침 농부가 가져다주는 사료를 제 집 안방에서 배불리 먹으면 그만이었다.

'아, 저것이야말로 복된 삶이구나.' 매는 닭장 안 닭들이 부러웠다. 한참 동안 골똘히 생각에 잠기더니, 무슨 결심을 했는지 농가 옆 바위에 내려앉아 뾰족한 부리를 갈기 시작했다. 그러고는 부리가 뭉툭해지자 지난날 먹잇감의 숨통을 죄던 날카로운 발톱들을 하나씩 갈아댔다. 곧이어 창공을 휘젓던 날갯죽지마저 눈 딱 감고 부러뜨려버렸다. 고통도 고통이지만 맹금류의 자존심을 허무는 일이었다. 몸도 아프고, 마음도 아팠다.

'그래도 굶어죽는 것보다는 낫겠지?' 매는 온몸의 기운이 빠져 비틀거리며 농가로 다가갔다. 마침 마당으로 나오던 농부와 마주치자 다짜고짜 바닥에 털썩 주저앉으며 머리를 조아렸다.

"농부님, 저는 이제 사나운 매가 아닙니다. 저도 닭장 안에서 살아가게 해주세요."

농부는 갑작스런 상황에 당황했지만, 이내 정신을 차리고 매에게 물었다.

"네가 스스로 닭이 되겠다는 거니?"

"네, 저는 매의 삶을 포기했습니다. 그래서 이렇게 부리와 발톱을 갈고 날갯죽지를 부러뜨렸지요. 저도 닭장 안의 닭들처럼 아무 걱정 없이 살고 싶습니다.”

“맘껏 하늘을 날아다니는 자유와 용맹을 버려 부자유
한 풍요를 얻겠다고?”

“네, 그깟 자유와 용맹이 밥을 먹여주지는 않으니까요.”

그러자 농부가 어처구니없다는 표정으로 다시 물었다.

“네가 매일 새벽 일찍 일어나 나를 잠에서 깨워줄 수 있
어? 그리고 하루에 하나씩 알을 낳아줄 수 있어? 나중
에는 우리 식구에게 부드러우면서도 쫄깃한 고기를 내
줄 수 있어?”

농부의 물음에 매는 말문이 턱 막혔다. 무엇 하나 자신
있는 일이 없었다. 새벽같이 일어나 자명종 역할을 하는
것이야 노력해본다 해도, 하루에 하나씩 알을 낳는 것
은 매의 습성이 아니었으니까. 죽음의 공포야 나중 일이
라 치더라도, 지금껏 야생의 삶을 살아 온몸이 질기디질

긴 근육과 굳은살투성이였으니까. 결국 매는 크나큰 고통을 치른 대가를 얻지 못했다. 자존심을 버린 대가는 허무와 슬픔뿐이었다. 매는 이제 날아오르지도 못한 채 무거운 발걸음을 돌려 농가 마당을 나설 수밖에 없었다. 세상의 모든 안락은 공짜가 아니었다. 매는 농부가 자신을 불쌍히 여겨 던져준 주먹밥 한 덩이를 놓칠세라 뭉툭한 부리로 꽉 물었다. 이전에는 거들떠보지도 않던 먹을거리였다.

# 10원짜리 유감

중년의 사내가 길을 걷다가 10원짜리 동전을 보았다. 누가 잃어버렸을까? 아니, 땟국 덕지덕지 묻은 꼴이 하도 더러워 주인이 일부러 내던져버렸을까? 여하튼 유기견과 비슷한 '유기전遺棄錢' 신세가 된 10원짜리 동전. 아무도 그 동전에 관심이 없다. 주머니에 들어 있어 봤자 성가실 뿐이라, 사람들은 흘깃 눈길을 주었다가도 금세 고개를 돌린다. 세상에 있어도 그만 없어도 그만인 하찮은 존재. 심술궂은 어떤 사람들은 괜한 발길질로 10원짜리 동전을 뻥 차버린다.

댕그르르~. 진흙탕에 나뒹굴고, 개 오줌 얼룩진 전봇대에 부딪히고, 길 한복판에서 마구 짓밟히다 구정물 흐르는 하수구 안으로 처박힐 뻔하고. 문득 그 처지가 불쌍해, 사내가 10원짜리 동전을 주워 흙을 털어내고 주머니에 넣었다. 아무짝에도 쓸모없는 쇳조각. 아무것도 하지 못하는 무능력과 무가치. 한때는 그것이 연필이거나 공책이기도 했을 텐데. 한때는 그것이 떡볶이거나 어묵이기도 했을 텐데. 한때는 그것이 버스를 타거나 전화를 걸기도 했을 텐데. 어쩌면, 한때는 그 동전도 꿈을 가졌을 텐데.

사내가 주운 10원짜리 동전은 1967년에 만들어진 천덕꾸러기였다. 그때는 비틀즈와 핑크플로이드가 노래하던 아름다운 시절. 동베를린이 동백림으로 불리던, 이 땅의 반대편에서 체 게바라가 처형당한 그해 시월의 어느 날. 비비안 리가 죽고 니콜 키드먼이 태어난 해. 그날 이후 지금까지 그 동전은 적어도 1만 명쯤 사람들을 만나지 않았을까? 숱한 기쁨과 눈물, 무수한 망설임과 설렘, 수없는 빛과 상처를 넌지시 지켜보지 않았을까? 그러고 보니 사내의 나이가 10원짜리 동전과 똑같았다.

# 등
— 동시 버전으로


나는 툭하면 아빠 등에 몸을 기댄다.

아빠는 내 등을 자주 어루만진다.


우리는 서로에게 등을 내주는 사이다.

가장 믿으니까 등을 보이는 거다.

Egon Schiele, <Junge Mutter>, 1914

# 한 끗 차이

짓궂은 천사가 있었다. 원래 착했으니 천사가 됐을 텐데, 수백 년째 천사로 살다보니 천사가 지겨웠다. 그래서 그 천사는 종종 장난을 벌였다.

하루는 천사가 서로 너무나 좋아해 죽고 못 사는 어느 연인에게 다가갔다. 그들은 서로에게 '님'이었다. 알다시피, '님'은 사랑하는 사람을 일컫는 말. 천사가 그들 몰래 '님'이라는 글자에 작지만 새까만 점 하나를 찍었다. 순식간에 '님'이 '남'이 되어버렸다. 어제까지 죽고 못 살던 연인이 하루아침에 죽일 듯 상대를 미워하기까지 했다. 얕은 문지방 하나로 이승과 저승이 갈리듯 사랑과 증오의 거리가 가까워도 너무 가까웠다. 그 사건이 인간 세상에 일으킨 파장은 작지 않아 훗날 유행가 가사로도 만들어졌다.

또 다른 날에도 천사의 장난이 있었다. 어느 동네에 사는 양아치가 술만 마시면 이웃에게 행패를 부려댔다. 하루는 그가 식당에서 술에 잔뜩 취해 "내가 죽여버릴 거야!"라며 고래고래 소리쳤다. 어느새 그의 손은 식칼을 쥐고 있었다. 주변에 있던 사람들이 비명을 지르며 허둥지둥 식당 밖으로 달아났다. 당장이라도 사달이 날 것 같았다. 그때, 하늘에서 그 광경을 지켜보던 천사가 "내가 죽여버릴 거야!"라고 소리치는 양아치에게 몰래 다가가 그 말에서 작지만 새까만 점 하나를 빼버렸다. 순식간에 '죽여버릴 거야!'가 '죽어버릴 거야!'로 바뀌었다. 그러자 누구라도 해칠 듯 살기등등하던 양아치가 갑자기 "내가 죽어버릴 거야!"라고 고함치며 동네 야산을 향해 달려갔다. 그는 무엇에 홀린 것처럼 달음박질을 하면서도 거듭 "내가 죽어버릴 거야!"라고 크게 외쳐댔다. 겁에 질려 식당을 뛰쳐나왔던 사람들이 그제야 안도의 한숨을 내쉬었다. 천사는 빙긋 미소 지으며 또 다른 장난거리를 찾아 주위를 두리번거렸다.

Louis Dalrymple, <Politics makes strange bedfellows>, 1899

# 지구의 속마음

지구가 태양계 탈퇴를 꿈꾼다.

지난 2006년, 태양계의 아홉 개 행성 중 하나였던 명왕성이 그 지위를 잃고 왜소행성 신세로 전락했다. 그 후 명왕성은 여전히 태양계에 머물렀으나 굴욕과 참담이 이만저만 아니었다. 명왕성은 스스로 주눅 들어 제 몸의 빛을 맘껏 발산하지도 못했다. 우주의 광대무변은 오늘의 막막함이었고, 우주의 불가지는 내일의 절망이었다. 티끌만 한 태양계에서도 하찮게 여겨지고 말았으니 이제 우주를 운운하는 것조차 민망한 일이었다. 실제로는 그렇지 않다는데, 우주는 캄캄한 어둠일 뿐이었다.

비록 먼 이웃이었으나, 지구는 그와 같은 명왕성의 운명을 똑똑히 지켜보았다. 한번 허물어진 삶을 다시 일으키는 일은 어렵고도 어려운 것. 온갖 멸시를 무릅쓰고 부지런히 자전과 공전을 계속해도 삶은 좀처럼 달라지지 않는 것. 구원의 손길을 간절히 기다려봤자 삶은 끝내 홀로 걸어가야 하는 것. 지구는 명왕성의 슬픔이 결코 남의 일 같지 않았다. 너의 울음이 나의 울음일 수 있는 것. 네가 안간힘을 써야 한다면 나도 안간힘을 다해야 하는 것. 그러고도 네가 버려졌다면 나도 버려질 수 있는 것.

지구는 지난 16세기에 있었던 지동설의 재발견을 잊지 못했다. 니콜라우스 코페르니쿠스가 철학적 사유를 통해 천동설을 부정하면서 지동설은 빠르게 과학의 정설로 자리 잡았다. 우주의 주인공이었던 지구의 신분이 우주의 조연으로 낮아진 것. 더 나아가, 눈 씻고 찾아봐야 저만치에 겨우 보이는 그렇고 그런 우주의 수많은 엑스트라 중 하나가 된 것. 따지고 보면 아무것도 아닌 것.

그때 이후 지구는 더 이상 질서와 조화 가득한 코스모스의 중심이 아니었다. 지구는 우주에서 이렇다 할 존재감 없는, 단지 지지고 볶기 좋아하는 인간의 고향일 뿐이었다.

지구는 불안했다. 천동설 대신 지동설이 불변의 진리가됐듯, 명왕성처럼 언제 태양계에서조차 무시당할지 알수 없는 노릇이었다. 그래서 지구는 결심했다. 내팽개치기 전에 떠나기로. 버려지기 전에 버리기로. 넌 싫어, 라는 말을 듣기 전에 나는 싫어, 라고 말하기로.

오늘도 지구는 태양을 맴돌며 오래된 궤도에서 이탈을꿈꾼다.

Udo Keppler, <The Earth as seen from Mars>, 1905

# 박쥐 인간 전성시대

천지간이 온갖 생명들로 북적이기 시작했다. 그중 박쥐들의 생활력이 단연 최고였다. 그들은 간에 붙었다 쓸개에 붙었다 하며 잘 먹고 잘 살았다. 이쪽에 갔다가 저쪽에 갔다가 눈치 빠르게 아양 떨며 잇속을 챙겼다. 그런데 어느 순간 박쥐들이 새도 아니고 쥐도 아니라는 사실이 들통나고 말았다. 조류도 아니고 설치류도 아니고 그냥 믿을 수 없는 족속인 것이 만천하에 드러나버렸다. 그렇게 박쥐들의 화양연화가 끝났다.

박쥐들은 다른 생명들의 손가락질을 견디다 못해 모두 동굴 속으로 숨어들었다. 이빨을 숨기고, 날개를 숨기고, 아무 일 없다는 듯 공중에 거꾸로 매달려 본색을 감추었다. 그나마 그것이 박쥐들의 양심이었다. 가끔은 그것이 박쥐들의 반성이었다. 그 사이 동굴 밖에는 동물의 왕국이 번성했다. 바야흐로 적자생존과 약육강식의 시대였다. 자칫 패배하면 죽을 수도 있으나, 승리하는 삶은 아주 휘황하게 반짝였다.

좀 더 세월이 흘러 양심과 반성이 찾아들자, 박쥐들은 다시 한 번 세상의 찬란한 영광을 맛보고 싶었다. 오랜 시간 무심히 자신들을 동굴에 가뒀으나 또다시 박쥐들의 전성시대를 만끽하고 싶었다. 박쥐들은 서둘러 동굴 밖으로 척후병을 보내 정황을 살폈다.

세상은 옛날보다 더더욱 간에 붙었다 쓸개에 붙었다 하며 살기 딱 좋은 환경이었다. 이리 갔다 저리 갔다 잔꾀 부리면 먹고 마시고 즐길 것이 지천이었다. 유사 이래 그만한 풍요가 없었다. 박쥐들은 그런 세상을 살아가는 처세에 언제나 자신감이 넘쳤다. 다만, 한 가지 문제가 있었다. 박쥐들이 동굴로 숨어들 무렵 유인원과 다름없던 인간들이 진화해 어느덧 만물의 영장을 자임하고 있었다. 그들 중 많은 이들이 스스로 박쥐 인간 무리가 되어, 오래전 박쥐들의 화양연화를 재현하는 중이었다. 그들은 양심도 반성도 없기에 절대로 동굴에서 살아갈 일은 없어 보였다.

척후병의 이야기를 들은 진짜 박쥐들은 고민 끝에 동굴 밖으로 나가는 것을 포기했다. 도무지 박쥐 인간들보다 약삭빠를 자신이 없었기 때문이다. 어쩌면 박쥐 인간 무리가 진짜 박쥐들의 유치찬란한 처세를 지켜보며 비웃을지도 모를 일이었다. 그렇게 박쥐들은 계속 동굴 천장에 거꾸로 매달려 지내며 아쉬움에 입맛만 다셨다. 박쥐들은 그 후에도 박쥐 인간들의 대단한 활약상을 종종 풍문으로 전해 들었다.

# 잔치국수

폐지 줍는 옆집 할머니가 멸치로 국물 내 한소끔 소면을 삶는다. 혼자 사는 옆집 할머니가 한 끼의 허기를 달래기에 안성맞춤이다.

옆집 할머니는 물 건너온 스파게티나 쌀국수를 잘 모른다. 짜장면은 알지만 돈이 아까워 사 먹지 않는다. 국수는 값이 싸고, 이 없는 사람이 먹기에도 편한 음식이다. 모락모락 김이 피어오르는 국수를 그릇에 담아놓으면 외로움도 아주 조금 따뜻해진다.

안 아픈 데 빼고 다 아픈 옆집 할머니가, 폐지 팔아 산 국수로 끼니를 때운다. 인생은 짧고 하루는 길다. 국수는 호로록호로록 신나게 먹어줘야 하는데, 옆집 할머니는 오물오물 무르게 씹어 천천히 삼킨다.

옆집 할머니 말고 아무도 없으니 잔치는 열릴 수 없다. 그래도 오늘의 요리는 잔치국수다.

# 생애를 인식하는 방법

그 나라 사람들은 아파트 단지의 우여곡절로 세월을 측정한다.

허허벌판에 아파트 단지를 만든다. 아이가 세상에 태어나는 순간과 닮았다. 아이가 자랄수록 희로애락이 쌓여가는 만큼 새 아파트에도 조금씩 더께가 내려앉는다.

그렇게 30년쯤 지나면, 아파트 단지 입구에 재건축을 알리는 현수막이 내걸린다. 그 무렵 한때 어린아이였던 사람은 장성해 가정을 꾸린다. 해가 뜨고 달이 지고 달이 뜨고 해가 지고, 인생의 노래는 도돌이표를 이탈하지 않는다.

그 후 30년쯤 시간이 더 흘러 한때 어린아이였던 사람이 초로初老에 접어들면 낡은 아파트 단지에는 다시 짙은 그늘이 고요하겠지.

그러면 누가 또 재건축을 알릴까?

과연 생명이 재생再生할 수 있을까?

한 자리에 아파트를 짓고 허물고 다시 짓고 하는 세월
이, 겨우 그만한 변화가 어느 나라에서는 한 사람의 생
애가 되기도 한다.

Julie de Graag, <Druipende paddenstoel>, 1916

# 두루마리 휴지의 파업

두루마리 휴지들이 함께 모여 시위를 벌였다. 노동3권에 보장된 파업권을 처음으로 실행한 것이다. 세상은 당장 난리가 났다. 식당에도, 화장실에도 두루마리 휴지가 보이지 않았다. 편의점에서도, 대형마트에서도 두루마리 휴지를 찾을 수 없었다. 다행히 고급 티슈들은 파업에 동참하지 않아 가까스로 최악의 상황을 면했다.

사람들이 두루마리 휴지들의 무책임을 비난했다. 언론에서도 그동안 두루마리 휴지들이 누렸던 안락을 드러내고 크고 작은 실수를 들추며 파업의 부당성을 강조했다. 두루마리 휴지들의 파업으로 인한 충격이 워낙 커서 사람들의 불만에도 일리가 있었다. 언론이 힘 있는 편에, 다수의 편에 서는 것은 딱히 어제오늘의 일이 아니었다. 그러나 두루마리 휴지들은 쉽게 파업을 그만둘 생각이 없었다. 시위 현장을 이끄는 두루마리 휴지들의 노조 책임자가 연단에 섰다. 머리에 빨간 띠를 두른 그가 주먹을 불끈 쥔 채 우레같이 구호를 외쳤다.

"군소리 없이 일만 한다고 우습게 보지 마라!"

"아무 데나 휙 던져도 찍소리 안 한다고 하찮게 여기지 마라!"

노조 책임자의 선창에 다른 두루마리 휴지들이 큰 소리로 복창했다. 그 다음에는 선전 선동대가 연단에 올라와 노래로써 파업 참여자들의 흥을 돋웠다. 멜로디는 아주 신났지만, 가사에 뼈가 있었다.

"코만 풀었어? 발톱만 깎았어? 똥만 닦았어? 실수로 김칫국물이라도 흘리면 우리부터 찾았잖아!"

뭐, 이런 식의 가사였다. 두루마리 휴지들은 서로 어깨동무까지 한 채 노래를 합창했다. 얼핏 그곳이 파업 현장인지 축제 현장인지 헷갈릴 만큼 분위기가 밝았다. 노래의 2절 가사는 다음과 같이 마무리되었다.

"코만 풀었어? 발톱만 깎았어? 똥만 닦았어? 이삿날, 시험날, 술술 풀리라며 행운도 선물했잖아!"

파업 현장을 구경하던 사람들은 그 노래를 들으며, 그동안 두루마리 휴지들이 참 많은 일을 해왔구나, 하고 새삼 깨달았다. 그럼에도 그날 밤 저녁 뉴스 시간에 발표된 여론 조사 결과는 여전히 두루마리 휴지들의 파업에 부정적이었다.

'당신은 이번 두루마리 휴지들의 파업에 찬성하십니까, 반대하십니까?'

'찬성한다 : 18%, 반대한다 : 75%, 잘 모르겠다 : 7%.'

그 소식에 덧붙여 앵커는 두루마리 휴지들이 파업을 통해 몸값을 올리면 서민 경제에 큰 부담이 될 것이라고 경고했다. 뉴스에는 몇몇 고급 티슈들의 인터뷰 장면도

나왔는데, 그들 모두 한목소리로 두루마리 휴지들의 파업을 힐난했다. 그 이유는, 툭 까놓고 말하면, 두루마리 휴지들이 신분에 어울리지 않게 주제 넘는 짓을 벌인다는 소리였다.

# 야성 복원 프로젝트

현생 인류의 식물화는 좀처럼 풀기 어려운 난제다. 인간이 초식동물같이 변해버렸다는 말이 들린 지 불과 수십 년 만에, 머지않아 인간이 식물의 삶을 살게 되리라는 걱정이 점점 커져갔다. 그 의미는 흔히 말하는 식물인간과 전혀 다르다. 어디가 다치고 병들어 활동하지 못하고 생각하지 못하게 된 것이 아니라, 인간 스스로 살아 움직임을 포기하고 만 것이다.

어느덧 21세기 말을 살아가는 현생 인류는 굳이 집 밖으로 나갈 일이 없어졌다. 거의 모든 사회생활이 원격으로 이루어졌고, 여행과 놀이마저 가상공간에서 더 큰 즐거움을 느끼게 되었다. 건강을 위한 최소한의 운동과 광합성도 인공지능 시스템으로 완벽히 대체했다. 이제 인간은 자기만의 공간에 틀어박혀, 자신에게 주어진 삶을 가장 효율적으로 소비하면 그만이었다. 인간은 인공낙원을 완성한 실내에서 깊고 단단하게 뿌리를 내렸다. 마치 지난날 거실 구석에 놓아두었던 한 그루의 공기 정화 식물처럼.

그러자 많은 학자들이 인간의 야성 복원 프로젝트를 언급하기 시작했다. 이대로 두었다가는 인간이 완전히 식물화되어 곧 멸종해버릴 것이라는 경고를 덧붙였다. 생물학적으로나 사회학적으로나 인간은 식물로서 살아갈 수 없는 존재였다. 창조론의 시각이든 진화론의 시각이든 인간은 결코 식물로서 생존할 수 없는 생명체였다.

인간의 야성 복원 프로젝트에는 모델이 필요했다. 이름난 여러 학자들이 모여 몇 날 며칠 토론을 거듭한 끝에 멧돼지를 본보기로 결정했다. 멧돼지의 거침없는 본능을 인간의 야성 복원 프로젝트가 추구해야 할 모범적인 기준으로 판단한 것이다. 학자들은 인간이 '저돌적'으로 변신해야 야성을 되살릴 수 있다고 결론 내렸다. 한자로 '돼지 저'에 '갑자기 돌' 자를 쓰는 '저돌豬突'은 앞뒤 재지 않고 무작정 내닫는 것을 의미하지 않나. 한마디로 인간이 멧돼지처럼 살아야 한다는 것이 야성 복원 프로젝트의 핵심 과제였다. 한때 인간 세상에서 골칫거리 신세였던 멧돼지가 인간의 롤모델이 된 것이다.

돌이켜보면, 21세기 초만 해도 인간은 야성으로 충만했다. 비록 그때도 스마트폰에 머리를 처박은 채 식물화되어가는 인간이 적지 않았으나, 대부분의 인간에게는 맹수 같은 야성이 제법 남아 있었다. 태초부터 줄곧 그래 왔듯 인간은 그 야성으로 쾌락과 편리를 좇았다. 종종 같은 인간끼리 고함을 내지르며 멱살잡이하다 승자와 패자로 나뉘기도 했다. 짓밟는 인간과 짓밟히는 인간의 서로 다른 야성이 이따금 길 위에서 맞닥뜨리기도 했다.

하지만 이제 인간의 야성은 옛일이 되어버렸다. 인간은 야성을 잃어버리고 나서야 비로소 그것의 진정한 가치를 깨달았다. 인간의 야성 복원을 염려하는 목소리가 영 없지는 않지만, 그럼에도 인간이 완전히 식물이 되어버리면 어떡하나 하는 두려움이 훨씬 더 컸다. 인간의 야성 복원 프로젝트가 성공할지 실패할지 지금으로서는 예측하기 어렵다. 하지만 그 목표를 이루는 날 사람들은 다시 직접 필드로 나가 치열한 전투를 벌일 것이다. 키보드 워리어가 아니라 실전의 땀 냄새와 피 냄새를 만끽할 것이다. 21세기 초만 해도 그랬듯, 한번 욕망하면 끝없이 욕망하는 야성을 회복해 너나없이 네가 죽어야 내가 살 것이다.

말하나 마나, 저돌적인 인간은 주위를 살피는 법이 없다. 저돌적인 인간은 희로애락의 충돌을 두려워하지 않아 닥치는 대로 마구 치받을 뿐이다. 그러니까, 멧돼지처럼.

Reijer Stolk, <St. Franciscus>, 1926

# 괜찮아, 안 죽어

"괜찮아, 안 죽어."를 입에 달고 사는 사람이 있었다.

그가 군대 생활할 적에 후임 병사가 화생방 훈련을 앞두고 공포에 떨었다. 자기는 호흡기 질환이 있다며, 조교가 방독면을 벗으라고 하면 어떡하나 이만저만 걱정이 아니었다. 그 병사에게는 화생방 교육장에 들어가는 일이 마치 지옥행 열차에 오르는 것 같았다. 그때 그가 히죽거리며 후임 병사에게 소리쳤다.

"야, 인마! 괜찮아, 안 죽어!"

그는 제대한 후 직장 생활을 하면서도 그 말버릇을 버리지 못했다. 하루는 직원들끼리 회식이 있었는데, 한 동료가 폭탄주를 받아들고 잔뜩 긴장한 표정을 지었다. 그 동료는 평소 맥주 한 모금만 들이켜도 얼굴이 금방 터질 듯 붉게 달아오르는 체질이었다. 그 사실을 모르는 상사가 폭탄주를 건넨 것인데, 어쩔 줄 몰라 하는 동료의 귀에 대고 그가 능글맞게 속삭였다.

"괜찮아, 안 죽어. 눈 딱 감고 마시라니까."

그의 고약한 말버릇은 때와 장소를 가리지 않았다. 친구들과 삼겹살을 구워 먹다가 누가 핏기 가시지 않은 고기를 불판에 다시 올려놓기라도 하면 그가 버럭 소리를 질렀다.

"괜찮아, 안 죽어! 날고기 먹어도 안 죽는다고!"

또 술에 취해 도로에서 무단 횡단하다가 친구들이 따라오지 않고 머뭇대면 비아냥대듯 조롱했다.

"겁쟁이 새끼들, 빨리 안 오고 뭐 하는 거야? 괜찮아, 안 죽어!"

얼마 전 어렵게 담배를 끊은 사촌동생을 명절에 만나서도 마찬가지였다. 그는 막무가내로 담배를 권하며 구시렁거렸다.

"너도 한 대 펴! 괜찮아, 안 죽어!"

그는 사람이 당장 죽지만 않으면 뭐든 괜찮다고 생각하는 걸까? 설령 죽지 않아도, 죽을 만큼 괴로운 일이 인생에 얼마나 많은데. 죽을 만큼 괴로워하다가, 차라리 죽는 게 낫겠다 싶은 일이 살다 보면 얼마나 많이 있는데. 죽지 않는다고, 죽지만 않는다고, 그의 말처럼 다 괜찮은 것이 절대 아닌데.

그 후 세월이 흘러 그가 노인이 되었다. 하루가 다르게 몸이 쇠약해지더니 병석에 몸져눕고 말았다. 이 세상에 태어난 생명은 언젠가 저 세상으로 돌아가야 하는 것이 만고불변의 진리. 그때까지도 그는 숱한 사람들을 당혹스럽게 했던 일생의 말버릇을 버리지 못했다. 그는 임종하러 모인 자식들에게 단말마의 신음처럼 마지막 말을 남겼다.

"괜찮아, 안 죽어……."

하지만 모든 사람이 알고 있듯, 늙고 병든 몸이 죽음을 필할 수는 없었다. "괜찮아, 안 죽어."를 입에 달고 살던 사람이 끝내 죽고 말았다.

Arnold Peter Weisz-Kubínčan, <Pietà>, 1940

# 같은 듯 다른 듯

어느 날, 유행가 가사와 시가 함께 술을 마셨다. 둘은 주거니 받거니 술잔을 기울이며 기분 좋게 취해갔다. 유행가 가사가 시에게 말했다.

"우리는 인간의 감정과 정서를 대변하는 보람된 일을 하고 있어."

"그래, 맞아. 만약 우리가 없다면 인간의 삶이 얼마나 더 삭막할까? 가사 없는 음악은 지루하고, 시 없는 밤은 새까만 어둠일 뿐이니까."

유행가 가사의 말에 시가 맞장구를 쳤다. 어떤 사람들은 유행가 가사가 유치하다고 손가락질하고, 또 어떤 사람들은 시가 미친 놈 헛소리 같다고 외면하지만 둘은 동지애를 느꼈다. 그런데 유행가 가사가 갑자기 안쓰러운 표정으로 시를 바라보았다.

"나는 네가 무척 외로워 보일 때가 있어."

"무슨 얘기야?"

시가 고개를 갸웃하며 물었다.

"너는 나처럼 친구가 없잖아. 나는 멜로디와 리듬이 곁에 있어 한층 더 즐겁게 사람들과 어울릴 수 있는데."

"친구라……. 그래, 멜로디와 리듬 같은 친구가 감동을 부풀려 시보다 유행가를 좋아하는 사람들이 훨씬 많기는 하지."

시는 유행가 가사의 이야기를 들으며 고개를 끄덕였다. 유행가 가사가 말을 이었다.

"너도 한때는 리릭lyric이라고 불렸잖아? 리릭은 시이면서 노래이기도 했어. 그런데 어느새 너는 노래를 잃고 시로서만 살아가게 됐지. 나는 그게 참 아쉬워."

그러자 이번에는 시가 빙긋 미소 지으며 손사래를 쳤다.

"아쉽긴, 뭘. 나는 너처럼 멜로디와 리듬 같은 친구가 없지만 외롭지 않아. 내가 노래를 잃어버린 대신 시인들이 기꺼이 고립孤立하고 자립自立하게 됐으니까. 나는 그게 정말 중요하다고 생각해."

"고립과 자립이라니, 무슨 말이야?"

"인간은 어차피 고독한 존재잖아. 시인들이 고립해야 고독한 존재를 위로하는 시를 쓸 수 있지 않겠어? 또 시인들이 멜로디와 리듬의 도움 없이 사람들에게 감동을 불러일으키려면 홀로 자립해야 하지 않겠어? 그러니까 고립과 자립이 시를 더욱 쓸쓸하면서도 강인하게 만든 셈이야. 시는 쓰는 사람이나 읽는 사람이나 무척 어렵지만, 그렇다고 아무렇게나 사라져버리지는 않아. 시는 아무리 슬퍼도 땅바닥에 주저앉아 울고만 있지는 않지."

그날 유행가 가사와 시의 술자리는 늦도록 계속됐다. 그때 술집 바깥에서는 따스한 바람이 불어올 적마다 활짝 핀 벚꽃잎들이 눈송이처럼 흩날렸다. 유행가 가사를 좋아하는 사람들은 그 거리에서 노래를 불렀고, 시를 좋아하는 사람들은 자기 방으로 돌아가 홀로 밤을 지새웠다.

# 신는 신발과 신지 않는 신발

'신는 신발'과 '신지 않는 신발'이 신발장 안에서 사흘 낮밤을 같이 보내게 됐다. '신는 신발'로서는 아주 오랜 만에 맛보는 휴식이었다. 그와 달리 '신지 않는 신발'은 벌써 3년 가까이 전혀 할 일이 없었다. 그동안 신발 주인 이 '신는 신발'만 계속 신었던 까닭이다. 이번에 신발 주 인이 슬리퍼를 신고 여름휴가를 떠나지 않았더라면, '신 는 신발'은 수명이 다하는 날까지 하루도 맘 편히 쉬기 어려웠을 것이다.

'신지 않는 신발'이 '신는 신발'을 애처롭게 바라보며 말 을 건넸다.

"넌 참 사는 게 힘들겠구나. 맨날 주인의 발을 보호하며 험한 길을 걸어 다니느라 이만저만 고생이 아니겠어."

그러자 '신는 신발'이 알 듯 모를 듯 묘한 미소를 띠며 속마음을 털어놓았다.

"어휴, 힘들긴 하지. 한여름에는 길바닥이 얼마나 뜨거운데. 그때는 잠깐만 걸어도 밑창이 다 녹아내릴 지경이라니까. 또 한겨울은 어떻고. 그때는 나한테 있지도 않은 심장이 꽝꽝 얼어붙는 기분이야."

"으악! 상상만 해도 끔찍해!"

'신지 않는 신발'은 '신는 신발'의 삶이 너무 힘겨워 보여 짐짓 몸서리를 쳤다. '신지 않는 신발'이 생각하기에, 그것은 그야말로 고행이었다. 하지만 뜻밖에 '신는 신발'은 고통과 절망의 낯빛이 아니었다. 오히려 자신의 삶을 수긍하며 보람까지 느끼는 듯 평온한 표정이었다. '신는 신발'이 말을 이었다.

"그래도 나는 언제나 주인과 함께하는 일상이 좋아. 누가 섣불리 베짱이의 삶은 행복하고 개미의 삶은 불행하다고 단정할 수 있겠어? 매일매일 바쁘게 살아가는 개미에게도 나름 삶의 의미가 있듯, 나는 주인을 따라다니며 많은 것을 보고 깨닫는 시간이 무척 즐거워. 비록 몸은 고되어도 마음만큼은 뿌듯하기 그지없지."

'신는 신발'은 진심인데, '신지 않는 신발'은 그 말뜻을 잘 이해하지 못했다. '신지 않는 신발'은 그렇게 일만 하다가 머지않아 쓰레기통에 버려질 '신는 신발'의 허망한 운명을 떠올리며 혀를 끌끌 차기도 했다.

그로부터 열 달이 채 지나지 않아 '신지 않는 신발'의 염려는 현실이 됐다. '신는 신발'의 뒤축이 해어지고 밑창이 닳자, 주인은 망설임 없이 그 신발을 내다버리기로 마음먹었다. 그러면서 주인은 그것 말고도 버릴 신발이 또 있지는 않나 신발장을 열어 휘둘러보았다. 순간, '신지 않는 신발'이 오랜만에 주인의 눈에 띄었다. 주인은 '신지 않는 신발'을 꺼내들고 이곳저곳 찬찬히 살펴보더니 고개를 갸웃거렸다.

"거참, 이상하네……. 이건 모양새가 별로고 발이 편하지도 않아 거의 신지 않았는데, 왜 갑피가 다 쩍쩍 갈라졌지? 싼 게 비지떡이라더니, 괜히 신발장 자리만 차지하는 이놈도 갖다 버려야겠군."

그랬다. 사람이 오래 살지 않은 집이 저절로 삭고 헐어 무너져 내리듯, 신발도 너무 긴 시간 사람이 외면하면 자기 수명을 자기가 갉아먹었다. 더구나 그것이 아무런 자존감 없는 싸구려 신발이라면 신발장 안의 습기와 어둠을 제 몸에 다 빨아들여 스스로 삶에 종지부를 찍었다. 그렇게 '신지 않는 신발'은 세상 구경 한번 제대로 하지 못한 채 무심히 버려졌다.

Egon Schiele, <Crouching Nude in Shoes and Black Stockings, Back View>, 1912

# 엄마 뱃속

드넓은 바다였다. 태평양보다 넓었다. 첨벙첨벙 물장구치면 무지개가 둥실 떴다. 파도가 종알대고, 모래알이 속살대고, 하루 종일 혼자 놀아도 심심하지 않았다. 배고프지 않았다. 춥지 않았다.

꿈같은 시간은 순식간에 지나갔다. 가까이 등대가 보이고, 항구가 보이고, 오순도순 사람들이 살아가는 마을이 보였다. 왠지 낯익은 사람들이 나를 무척 기다리나 싶었다. 마냥 머물고 싶었지만 그럴 수 없었다. 긴가민가하며 뭍으로 나오자, 여기저기 내 몫의 후회가 자라고 있었다. 가끔 즐거웠고, 자주 쓸쓸했다.

너도 기억하니?
다시 돌아갈 수 있을까?

Egon Schiele, <Dead Mother>, 1910

# 책상이 들려준 이야기

나는 러시아에서 태어났어. 매섭게 추운 날씨에도 꿋꿋
이 자라나, 맑은 공기를 만들고 아름다운 새들을 키워
냈지.

나는 호기심이 많은 나무였어. 어느 날 인부들이 찾아와
나를 베어 트럭에 실었을 때, 걱정보다 설렘으로 잠을
이룰 수 없었지.

나의 첫 여행지는 중국이었어. 그곳에서 나는 작은 책상
으로 변신했지. 누군가를 꿈꾸게 하는 책상이라니, 가
슴이 벅찼어.

나는 다시 배에 실려 낯선 나라로 향했어. 내가 살아갈
곳은 한국 어린이의 공부방이었지. 우리는 만나자마자
금세 친구가 됐어.

나의 어린 주인은 동화책 읽는 것을 무척 좋아해. 그 모
습이 얼마나 기특한지, 내가 옷장이나 식탁이 아니라서

다행일 정도야.

후우~ 가끔 러시아가 그립기는 하지. 고향이니까. 그래도 지금은 내 앞에 앉아 있는 착한 주인과 함께하는 날들이 무척 즐거워.

오래전 나는 여린 새싹이었는데, 아름드리나무로 자라 책상이 된 다음 먼 한국까지 왔어. 나의 주인은 어떤 어른이 될까? 참 궁금해.

Egon Schiele, <Small Tree in Late Autumn>, 1911

# 물방울의 윤회

그 물방울은 자기가 언제 세상에 태어났는지 정확히 알지 못한다.

망망한 우주에 지구별이 만들어지고 얼마 지나지 않았을 때부터 그 물방울은 늘 어딘가에 고여 있었다. 그 자리가 호수였다가, 땅이었다가, 강이거나 바다였다가, 때로는 구름 안에 머물기도 했다.

아주 오래전, 그 물방울은 무엇의 싹을 틔우거나 누구의 갈증을 달랠 필요가 없었다. 어떤 신비로 세상에 생명이란 것이 등장하고 나서야 비로소 그 물방울은 살아있는 것들의 몸을 씻기고 메마른 혀를 적셨다. 그 물방울은 다른 무수한 물방울들과 함께 물이 되어 자연과 인간의 역사를 생동하게 했다.

물방울은 오래도록 돌고 돌았다. 뜨거운 태양열에 증발했다가도 다시 비와 눈으로 내려 요람 같은 대지로 돌아오고는 했다. 강과 바다로 나아가 물길이 되거나 여느 생명의 둥지가 되었다가도 다시 땅과 하늘을 돌고 돌아 세상 곳곳에 스며들었다. 앞으로도 오래도록, 물방울은 돌고 돌아 여기에도 있고 저기에도 있을 것이다.

선사시대의 한 소년은 그 물방울을 들이켜 용맹을 단련했다. 수천 년 뒤 중세 유럽의 한 기사는 그 물방울이 섞인 물을 떠 얼굴에 묻은 피를 닦았다. 다시 수백 년 뒤 깊디깊은 수도원의 수녀는 그 물방울을 손바닥에 담아 여태 남은 자신의 죄를 헹궈냈다.

가을이 오면 그 물방울에는 고독이 배었고, 꽃이 피면 그 물방울에는 향기가 어렸다. 그 물방울이 다시 땅에 젖어들면 열매가 영글고, 그 물방울이 다시 바다로 흘러들면 물고기의 살이 되었다. 또다시 많은 시간이 흐르고 나서 그 물방울은 어느 먼 나라를 굽이돌며 술이 되고

밥이 되었다. 어느 시절에는 빙하에 숨어들어 거짓말 같은 영원을 꿈꾸기도 했다.

오늘 밤에 비가 내린다.

어쩌면 저 무수한 물방울들 속에 그 물방울이 들어 있는지 모른다. 수십억 년 전 시작된 그 물방울의 긴 생애가 오늘은 이곳을 무심히 지나갈지 모른다.

Henrietta Mary Shore, <Waterfall>, 1922

# 대답 없는 질문

한 청년이 오랜 고생 끝에 취업에 성공했다. 한없이 기쁠 줄만 알았는데, 시간이 좀 지나자 왠지 모를 무력감이 고개를 내밀었다. 이게 뭐라고, 이깟 게 뭐라고. 문득 자신이 겪었던 모든 우여곡절이 현실이 아닌 듯한 이상한 기분이 들기도 했다.

며칠 후, 청년은 인터넷을 켜고 한꺼번에 서른 켤레의 구두를 주문했다. 그러고는 결연한 표정으로 서른 켤레의 구두를 신발장 안에 가지런히 진열해놓았다. 신발장을 책으로 환유한다면 서른 켤레의 구두는 새까맣게 반짝이는 만연체 문장들. 가만 보니 그것은 꼭 서른 가지의 대답 없는 질문 같았다.

청년이 혼잣말을 중얼거렸다.

"이제 일 년에 한 켤레씩 구두를 신자. 일 년에 꼭 한 켤레씩 구두 뒷굽이 완전히 닳도록 열심히 일하자. 생활은

엄격하고 분명한 것. 내 몫의 서른 켤레 구두를 다 신고 나면 노후연금도 받게 될 테지. 그러니 더는 회의하지 말고, 무작정 일 년에 한 켤레씩 구두가 닳도록 땀흘려 달려보자!"

그때, 눈앞에는 아무것도 보이지 않는데, 정체불명의 목소리가 청년의 귀에 속삭였다.

"그야말로 바람직한 생활인의 자세로군. 그런데 말이야…… 너에게 마지막 한 켤레의 구두가 남았을 무렵, 한 번쯤 해가 서쪽에서 떠오를 수 있을까?"

선뜻 믿기 어렵겠지만, 그것은 청년의 영혼이 내는 소리였다. 어찌 들으면 의뭉스러웠고, 또 어찌 들으면 너무 절절해 슬픔이 밀려왔다. 다시 한 번 얘기하지만, 청년이 보기에 서른 켤레의 구두가 꼭 서른 가지의 대답 없는 질문 같았다.

Vincent van Gogh, <Three pairs of shoes>, 1886

# 두부

두부가 후회했다.

나는 너무 물러 터졌어. 나는 한 번도 굳은 다짐을 한 적이 없어. 어쩌다 결심이란 것을 해봤자 이리 채이고 저리 채이면 금세 곤죽같이 되어버렸어. 나는 너무 쉽게 베어지고 너무 간단히 짓이겨졌어. 어느 때 아침에는 희망의 종을 딸랑거렸지만, 모두 다 지난 일이야. 하물며 드넓은 평원에서 태양의 힘으로 살던 시절은 완전히 지나갔어.

두부는 자책했다.

나는 아무도 사랑하지 않았어. 아무도 나를 사랑하지 않았어. 세상의 날카로운 칼날이 닿을 적마다 마음의 모서리를 만들었어. 누구나 모서리를 세우고 산다지만, 나 아닌 것들에 각을 세운다지만, 이렇게 물러 터진 주제에 어떻게 미움을 감당하겠어. 내게는 비법도 없고 마법도 없어. 나의 눈물은 짜디짠 간수. 오늘을 휘휘 젓다 보면 또 슬픔이 엉겨.

아, 펄펄 끓는 세상 속으로 미련 없이 들어갈밖에.
달리 어떡하겠어?

Stanisław Ignacy Witkiewicz, <Caterpillar, from the series;
'Astronomical compositions'>, 1918

# 이상한 말

젊은 부부가 아이와 함께 며칠째 여행을 즐기고 있었다. 어느 고장에 다다르자 뜻밖에 사람들이 웅성거렸다.

'○○군 한우 소고기 대축제!'

평소 한적한 고장에 외지 사람들이 잔뜩 몰려와 곳곳에 설치해놓은 간이식당에서 소고기를 구워 먹었다. 여기저기 웃음소리가 끊이지 않았다. 젊은 부부도 군침이 돌아 그곳을 그냥 지나치지 못했다. 막 유치원에 다니기 시작한 아이는 신바람이 나 폴짝거렸다. 젊은 부부와 아이가 테이블에 앉자 한 남자가 반갑게 맞이했다.

"어서 오세요. 아이가 참 귀엽게 생겼네요."

"고맙습니다. 소고기 좀 먹으려고요."

"일단 삼인분만 드셔보세요. 맛이 아주 끝내줍니다."

"한우가 이 고장 특산물인가 보네요?"

"네, 저도 한우 농장을 운영하는 농부입니다."

자신을 소개하는 남자의 눈빛이 자부심으로 반짝였다. 꽤나 사교적인 성격인지, 아니면 장사 수완인지 몰라도 주문받은 고기를 가져와 내려놓고는 그가 다시 말문을 열었다.

"이 소고기가 바로 제 농장에서 생산한 겁니다. 정말이지 밤잠 설쳐가며 자식처럼 키운 놈을 바로 어저께 도축했지요. 고기를 입 안에 넣기만 해도 살살 녹을 겁니다."

젊은 부부는 남자의 수다가 좀 부담스러웠다. 그런데 남자는 그 자리에서 젊은 부부의 품평이라도 들으려는지 테이블 곁을 떠날 생각이 없어 보였다. 그때 아이가 해맑은 얼굴로 아빠를 바라보며 물었다.

"아빠, 자식처럼 키웠는데 왜 잡아먹어? 나도 나중에 엄마 아빠가 잡아먹는 거야?"

아빠는 남자가 민망해할까 봐 손으로 얼른 아이의 입을

막았다. 그러면서 얼떨결에 뜬금없는 소리를 내뱉고 말았다.

"아빠가 식인종이야? 자식을…… 사람을 잡아먹게!"

그제야 농장 주인은 쑥스러운 표정을 지으며 자리에서 물러났다. 그의 머릿속에서는 "자식처럼 키웠는데 왜 잡아먹어?"라는 아이의 물음이 하루 종일 떠나지 않았다.

# 돼지 같은 놈

돼지들이 모여 회의를 열었다. 먼저 한 돼지가 벌겋게 달아오른 얼굴로 불평했다.

"사람들은 우리를 아주 멍청한 동물로 여깁니다. 누가 미련하고 지저분한 모습을 보이면 '돼지 같은 놈!'이라며 비아냥대기 일쑤지요. 더는 이대로 참고 살 수 없습니다."

다른 돼지들이 그 말에 "옳소! 옳소!" 하며 맞장구쳤다. 하지만 어떻게 인간에게 항의하고 저항할 것인지 마땅한 방법이 떠오르지 않았다. 그때 근엄한 인상의 돼지가 자리에서 벌떡 일어나 단호하게 말했다.

"이게 다 우리가 너무 뚱뚱해서 벌어진 일입니다. 우리가 말이나 소처럼 근육질 몸을 가졌다면, 개나 고양이처럼 날렵하다면 그런 편견을 갖지 않았겠지요."

"쳇, 날 때부터 이렇게 생겨먹은 걸 어쩌란 거요?"

근엄한 인상의 돼지가 하는 말이 못마땅해 또 다른 돼

지가 투덜거렸다. 근엄한 인상의 돼지는 남달리 굵은 주둥이를 두어 번 씰룩거리더니 말을 이었다.

"그럼 태어날 때부터 이렇다고, 맨날 신세 한탄이나 하면서 살 겁니까? 우리도 날씬한 몸을 가질 수 있습니다!"

그러자 삽시간에 소란이 일었다. 돼지들이 서로를 바라보며 이러쿵저러쿵 수군거렸다. 그들 모두 자기 몸이 날씬해질 수 있다는 생각은 단 한 번도 해본 적이 없었다. 근엄한 인상의 돼지가 큰 소리로 외쳤다.

"우리 다함께 다이어트를 합시다! 돼지도 다른 동물처럼 날씬해질 수 있다는 것을, 근육질 몸으로 날렵하게 뛰어다닐 수 있다는 것을 인간에게 보여줍시다!"

그 말에 다른 모든 돼지들이 일제히 환호성을 내질렀다. 하루빨리 다이어트에 성공해 더 이상 사람들의 멸시와 조롱에 시달리지 않겠다는 희망이 부풀어 올랐다.

그날 이후 돼지들은 혹독한 다이어트에 돌입했다. 그리고 계절이 세 번 바뀔 무렵, 근엄한 인상의 돼지가 자신한 것처럼 모든 돼지의 몸이 날씬하게 변했다. 그뿐 아니라 생활환경도 스스로 청결하게 정돈해 이전과는 다른 삶을 살아가게 되었다. 이제는 인간 사회에서 미련하고 지저분한 사람을 가리켜 "돼지 같은 놈!"이라며 손가락질하는 이가 아무도 없었다.

그렇지만 세상만사가 늘 예상대로 흘러가지는 않는 법. 돼지들이 다이어트를 한다며 번번이 사료를 남기자 아예 먹이를 주지 않는 농장이 늘어갔다. 돼지들이 날씬해져 고기를 얻지 못하게 되자 사람들의 불만이 점점 더 커져갔다. 결국 사람들은 돼지를 가축에서 제외하기로 결정하고, 돼지 농장의 문을 닫았다. 먹을거리는커녕 잠자리마저 잃어버린 돼지들은 하나둘 산속으로 들어갈

수밖에 없었다. 그들 중 일부는 멧돼지들을 수발하며 근근이 살아갔으나, 대부분의 돼지들은 거친 야생에 적응하지 못해 죽고 말았다.

그 후 인간 사회에서는 어리석게 행동하는 사람을 일컬어 "돼지 같은 놈!"이라고 빈정거리는 말이 들리기 시작했다. 미련하고 지저분한 사람도 다시 "돼지 같은 놈!"이라며 업신여겼다. 더 나아가 '돼지 같은'에는 '아무짝에도 쓸모없는'이라는 뜻까지 더해졌다.

Francisco de Goya, <Seated Giant>, 1818

# 기억의 반성

기억이 반성했다. 툭하면 착각하고, 편집하고, 왜곡하는 자신의 오랜 습성을 뉘우친 것이다. 기억은 아무것도 기억하지 않기로 결심했다.

일찍이 어느 소설가는 "나는 기억한다."라는 말이 실은 비문非文이라고 이야기하지 않았나. 돌이켜보니, 기억은 어떤 의지라기보다 숙명의 속성을 지니고 있었다. 기억은 번번이 기억하기보다 기억되었다.

"당신을 기억할게요."

"그날을 기억하겠습니다."

기억은 두 번 다시 이런 말을 하지 않겠다고 맹세했다. 기억은 영원하지 않으므로. 기억은 자주 순결하지 않으므로.

그러자 착각과 편집과 왜곡이 잦아들고, 편견과 미련과 허위가 사라졌다. 기억은 입을 꾹 닫은 채 망연히 해바

라기나 하며 여생을 보내기로 마음먹었다. 기억의 허공
에는 이따금 바람만 불었다.

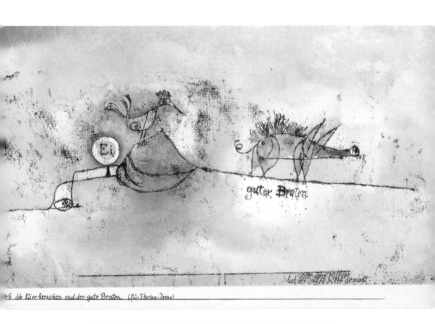

Paul Klee, <Where the Eggs and the Good Roast Come From>, 1921

# 만만하지 않아

인간의 상식이란 것이 종종 진실과 다를 때가 있다. 무엇이 아직 정확히 밝혀지지 않아 그런 것만이 아니다. 몇몇 사람들이 자신의 경험을 일반화하면, 많은 사람들이 별 생각 없이 받아들여 으레 그러려니 하는 탓이다. 수사마귀의 죽음에 관한 상식도 그중 하나다. 사람들은 짝짓기를 마친 모든 수사마귀가 암사마귀에게 잡혀 먹힌다고 알고 있지 않나. 하지만 세상 모든 수사마귀의 짝짓기가 죽음으로 막을 내리는 것은 아니다. 암사마귀가 아량을 베풀어 목숨을 부지하는 경우가 있고, 짝짓기 후 수사마귀 스스로 재빨리 몸을 피해 명줄을 지켜내는 경우도 있다. 탐미주의자라면 수사마귀의 짝짓기가 죽음으로 마무리되는 것에 묘한 환상을 품기도 하겠지. 하지만 그 일에 관한 상식은 분명 한 생명체의 생사가 걸린 문제이니 함부로 일반화해서는 안 될 것이다.

어느 가을날, 짝짓기를 마친 수사마귀 한 마리가 유유히 공원을 거닐었다. 종족 번식의 본능과 쾌락의 시간에서 무사히 빠져나온 그 수사마귀는 운이 참 좋았다. 자신의 욕망을 고스란히 실현한 뒤 온몸으로 만끽하는 산들바람은 얼마나 상쾌한가. 누가 수사마귀의 생사여탈을 쥐고 있는지는 몰라도, 여전히 살아남아 숨을 쉰다는 사실이 무엇보다 중요했다. 살아 있으므로 먹고, 자고, 짝짓기도 하는 것이니까. 살아 있으므로 사랑하고, 미워하고, 홀로 가을 길을 걷기도 하는 것이니까.

수사마귀는 자신의 말년이 비참하지 않아 다행이라고 생각했다. 모름지기 생명이라면 삶의 최후가 평온하기를 바라지 않나. 제 몸속에 알을 키우기 위해 이것저것 닥치는 대로 잡아먹는 암사마귀의 포악을 벗어난 것은 천우신조였다. 눈에 보이지 않는 누군가의 보살핌이 없었더라면 불가능한 일이었다. 이제 수사마귀는 남은 가을을 좀 더 즐기다가 한적한 수풀에서 천수를 다하면 더 바랄 나위 없었다. 그만하면 한 시절 잘 살고 가는 삶이라 할 만했다.

수사마귀의 다리에 새삼 기운이 넘쳤다. 공원을 이곳저곳 거침없이 돌아다니며 자신의 행운을 실컷 뽐냈다. 자연의 섭리를 거슬러, 마음 같아서는 한두 해 더 세상을 살아갈 수 있을 것만 같았다. 수사마귀의 발걸음이 조심성을 잃고 공원 안 산책로로 향했다. 어느새 두려움을 다 잊은 듯했다. 수사마귀는 너무 기분이 좋아 낫 모양으로 생긴 앞다리를 일없이 공중에 휘휘 내저었다. 뭐든 덤빌 테면 덤벼보라는 만용이었다.

그때, 수사마귀의 머리 위 하늘이 갑자기 캄캄했다. 곧 커다란 바윗덩이 같은 것이 수사마귀의 몸통을 짓눌렀다. 공원에 산책 나온 어느 노인의 발이었다. 구사일생으로 살아남았던 수사마귀는 그렇게 허망한 죽음을 맞고 말았다. 다 벗어났다고 생각했는데, 실은 벗어난 게 아니었다. 다 지나갔다고 생각했는데, 실은 지나간 것이 아니었다. 삶은 한순간도 만만히 보면 안 됐다. 멀리서, 그 수사마귀와 살 섞었던 암사마귀가 납작해진 주검을 바라보았다.

# 문명의 힘

식인 풍습을 가진 어느 부족이 밀림 속에서 살아가고 있었다. 우연히 마을을 방문한 영국인이 그들의 야만을 없애야겠다고 생각해 추장을 찾아갔다. 그는 백인이라서 다행히 식인 풍습의 피해자가 되지는 않았다. 원주민들이 보기에 그는 너무 '낯선 음식'이었다.

"사람이 사람을 잡아먹는 것은 미개한 문화입니다. 여러분도 하루빨리 나쁜 풍습을 버리고 인간답게 살아야 합니다."

추장은 영국인의 말을 듣고 표정이 일그러졌다. 앞뒤 사정도 모르는 외지인이 자기네 식문화에 대해 함부로 이야기하는 것이 언짢았기 때문이다. 그런데 추장은 이어진 영국인의 제안에 귀가 솔깃했다.

"추장님의 큰아들을 영국으로 데려가 옥스퍼드대학에서 공부할 수 있도록 돕겠습니다. 그곳은 최고 지도자들을 여럿 배출한 명문 학교입니다."

영국인의 제안은 허풍이 아니었다. 그에게는 그럴 만한 영향력이 있었다. 추장 역시 어느덧 밀림에도 서양 문물이 서서히 밀려드는 것을 모르지 않았다. 그러니 자기 큰아들이 영국에서 공부하고 오면 부족을 더욱 강력하게 통치할 수 있을 것이라고 기대했다. 잘하면 이웃 마을들까지 정복해 부족의 위세를 떨칠 것이라는 욕심도 품었다.

영국인의 입장에서는 추장과 원주민들이 오랜 관습을 쉽게 버리지 못할 것이라고 판단했다. 그래서 머지않아 아버지의 뒤를 이어 추장이 될 큰아들을 교육시켜 식인 풍습의 야만성을 깨닫게 하는 편이 낫겠다고 생각했다. 부족의 지도자가 문명에 눈을 뜨면 다른 원주민들은 자연스레 변화하게 되리라 믿은 것이다.

그렇게 추장의 아들은 영국으로 건너가서 대학 교육을 받다가 3년 만에 밀림으로 돌아갔다. 그 사이 추장이 죽음을 맞아 큰아들이 새롭게 부족을 이끌어야 했기 때문이다.

그 후 또다시 3년이 지나고 나서, 큰아들의 유학을 도왔던 영국인이 여전히 밀림 속에서 살아가는 부족을 방문했다. 그는 영국에서 공부하고 추장이 된 큰아들이 원주민들을 어떻게 변화시켰을지 매우 궁금했다. 야만을 치유한 문명의 힘을 확인하고 싶었다.

그런데 이게 웬 일인가. 부족의 원주민들이 전과 다름없이 사람 고기를 먹고 있는 것이 아닌가. 깜짝 놀란 영국인이 추장 자리에 앉아 있는 큰아들을 찾아가 따져 물었다.

"자네는 문명사회에서 대체 무엇을 배웠나? 아직도 식

인 풍습을 버리지 못했다니 실망스럽기 짝이 없군……."

그러자 부족의 새 추장이 반갑게 영국인을 맞으며 이야기했다.

"여기에 오면서 미처 못 보셨나 보네요? 우리는 이제 포크를 사용한답니다. 나는 영국에서 깨끗한 접시와 포크로 식사하는 법을 배웠지요."

그 말에 영국인은 더 이상 아무런 불만도 털어놓지 못했다. 밀림의 후끈한 열기 탓에 비 오듯 흘러내리는 땀방울을 연신 닦아낼 뿐이었다.

# 세월이 말했다

"내가 있으니까 생명이 있는 거야."

봄이 말했다.

"내가 있으니까 열정이 있는 거야."

여름이 말했다.

"내가 있으니까 결실이 있는 거야."

가을이 말했다.

"고생 끝에 낙이 있다고 하잖니? 내가 있으니까 보람도 있는 거야."

겨울이 조금 길게 말했다.

그때, 사계절을 다 살아본 세월이 하품하며 시큰둥하게 말문을 열었다.

"수다 그만 떨고, 할 일 마쳤으면 차례대로 어서 지나가."

세월 때문에 사람들은 사계절을 정신없이 살았다. 봄인

가 하면 여름이고, 여름인가 하면 가을이고, 가을인가
하면 겨울이었다. 겨울인가 하면, 어느새 인생의 막바지
였다. 세월이 사람들에게도 심드렁히 말했다.
"그만 서성대고, 할 일 마쳤으면 어서어서 지나가!"

Titian, <Cupid With The Wheel of Time>, 1520

# 자구책

'자구책'이 무슨 뜻이에요, 하고 묻는 사람이 있을지 모르겠다. '심심한 사과'가 무슨 말이에요, 하고 묻는 시대니까. 아는 사람은 다 알다시피, 자구책이란 스스로 자신을 구원하기 위한 방법을 의미한다. 영어의 시대이니 'How to save yourself'라고 설명할까?

오래전, 미꾸라지들이 모여 자구책을 논의했다.

"요즘은 세상이 너무 더러워. 사방이 다 흙탕물처럼 뿌옇다니까."

"그뿐 아니야. 갯벌도 아닌데 온통 뻘밭 같아서 밖에 돌아다니기도 무서워."

특히 젊은 미꾸라지들의 자식 걱정이 이만저만 아니었다.

"앞으로 우리 애들이 이곳에서 어떻게 살아갈까? 신선한 먹잇감을 구하기는 점점 더 어렵고, 언제 어디서 포식자들이 들이닥칠지 몰라 불안하잖아."

"그래, 맞아. 우리는 비늘이 없어서 피부도 약한데 말이야. 어디에 조금만 긁혀도 상처가 나고, 세균의 침입에도 속수무책이잖아."

미꾸라지들의 토론은 사흘 밤낮으로 계속됐다. 그 결과, 멋들어지게 열 가닥으로 수염을 기른 원로 미꾸라지가 조물주를 찾아가 자구책을 건의하기로 했다. 이를테면 애프터서비스를 신청한다고나 할까?

그런데 원로 미꾸라지가 조물주를 직접 만나는 것은 허락되지 않았다. 오랜 세월 사람들이 그 존재 자체를 의심하는 바람에 조물주의 심기가 영 불편한 까닭이었다. 그 대신 조물주의 집사가 원로 미꾸라지를 만나 바람을 들어보기로 했다.

원로 미꾸라지가 점잖은 목소리로 원하는 바를 이야기했다.

"갈수록 세상이 사나워져 살아가기 너무 힘듭니다. 우리가 최소한 목숨을 부지할 수 있게 온몸에 점액질을 발라주십시오."

집사로부터 미꾸라지들의 소망을 전해들은 조물주는 잠시 고민하는 듯싶더니 선뜻 고개를 끄덕였다. 스스로 되돌아보아도 처음 미꾸라지를 만들 때 부족한 점이 많았다고 느꼈기 때문이다.

그렇지 않은가. 미꾸라지는 장어도 아니고 뱀도 아니고, 보잘것없는 모양새는 그렇다 쳐도 한 뼘밖에 안 되는 크기에 제 몸을 방어할 무기가 하나도 없었다. 더구나 이제는 한 치 앞도 분간되지 않고 먹을거리조차 부족해진 각박한 세상에서 살아가게 됐으니 조물주의 미안함이 컸다. 그래서 조물주는 미꾸라지들을 위해 여느 어류보다 훨씬 더 많은 점액질을 듬뿍 덜어 내주었다.

미꾸라지들은 점액질 덕분에 험악한 세상에서도 그럭저럭 살아남았다. 아무나 쉽게 감당하지 못하는 혼탁한 물속에서 진흙을 삼키면서도 꿋꿋이 대를 이어 생존했다. 산소가 모자라도 개의치 않았다. 폭염과 맹추위에도 살아남는 끈기를 다졌다. 온갖 고난이 닥쳐와도 그야말로 미꾸라지처럼 요리조리 피해 다니며 끝내 파국을 맞지는 않았다. 그와 같은 미꾸라지들의 자구책은 조물주를 의심하는 사람들의 처세에도 영감을 주었다.

# 거울 1

입장 바꿔 생각해보기로 했다.

왼쪽은 오른쪽으로. 오른쪽은 왼쪽으로. 심장까지 반대편에 놓아보자, 네가 보았을 내 모습이 보였다.

내가 웃으면 너도 웃었다. 네가 울면 나도 울었다.

가만히 들여다보면, 서로 다른 게 없었다. 피장파장 매한가지였다.

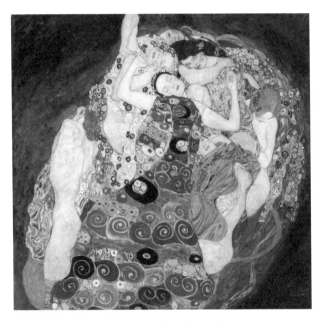

Gustav Klimt, <The Maiden>, 1913

# 거울 2

새로운 동물원이 문을 열었다. 그런데 사육장에는 동물이 한 마리도 보이지 않았다. 마땅히 있어야 할 사자도, 원숭이도, 기린도, 코끼리도, 몸집 작은 미어캣과 앵무새도 눈에 띄지 않았다. 동물이 없으니 아침마다 먹이를 주거나 배설물을 치울 필요가 없었다.

그럼에도 동물원은 매일 문을 열었다. 뜻밖에 그곳을 찾는 사람들이 적지 않았다. 그들은 동물원에 들어갈 때와 나올 때의 표정이 달랐다. 그 동물원에 가보지 않은 사람들은 이유를 알지 못했다. 그게 또 궁금해 사람들의 발길이 끊이지 않았다.

새롭게 문을 연 동물원은 어떻게 흥행했을까?

그곳의 모든 사육장 안에는 커다란 거울이 하나씩 놓여 있었다. 오직 그것뿐이었다. 이미 솔직히 말했듯, 동물은 진짜 한 마리도 없었다. 다만 사육장마다 다음과 같은 팻말을 붙여두었다.

'세상에서 가장 사나운 짐승.'

'세상에서 가장 한심한 짐승.'

'세상에서 가장 옹졸한 짐승.'

'세상에서 가장 멍청한 짐승.'

'세상에서 가장 쓸쓸한 짐승.'

이따금 다음과 같은 팻말도 보였다.

'세상에서 가장 다정한 동물.'

'세상에서 가장 행복한 동물.'

그런 사육장 앞에는 사람들이 길게 줄을 섰다. 하지만 그 안에 놓인 거울은 크기가 아주 작아 한 사람이 자기 얼굴을 다 비추기도 쉽지 않았다.

Francis Picabia, <Iris>, 1929

# 우리는 어떻게 생겼나

드넓은 우주 공간의 어느 별을 'Z'라고 하자.

지구에서 쏘아올린 우주선이 갑작스런 고장으로 Z에 추락했다. 안타깝게, 우주 비행사들이 모두 죽고 말았다. 은밀히 연구실로 옮겨온 사체를 살피며 Z의 과학자들이 떠들썩했다.

"이게 대체 어느 별에서 온 생명체일까?"

"글쎄⋯⋯. 우리와는 생김새가 달라도 너무 다른걸."

과학자들은 처음 보는 생명체 앞에서 너나없이 고개를 갸웃했다.

"거참, 괴상망측하구먼. 네 다리의 말단은 갈퀴처럼 갈라졌고, 머리 윗부분과 생식기로 보이는 것 근처에만 털이 수북하잖아."

한 과학자가 신기해하며 동료들에게 다시 어딘가를 가리켰다. 그가 들뜬 목소리로 말했다.

"여기 좀 봐! 앞쪽 다리와 몸통이 연결된 부위에도 털이 있어. 이런 털의 쓰임새는 과연 뭘까? 딱히 추위를 막아주거나 피부를 보호해줄 것 같지도 않은데."

그러자 또 다른 과학자는 사체의 얼굴 부위를 뚫어져라 쳐다보며 이야기했다.

"이게 시각을 담당하는 기관인가 봐. 그런데 왜 두 개나 있지?"

"그러게⋯⋯. 아래쪽에 있는 것은 호흡 기관과 소화 기관인 듯한데, 우리와 다르게 딱 하나씩만 있네. 이래서야 제대로 숨을 쉴 수 있나? 입처럼 보이는 이 기관으로는 무엇을 먹고 살았을까? 그리고 두 개의 시각 기관 위쪽에는 왜 쓸데없이 짧은 털이 가지런히 나 있지?"

"여기에도 이상한 게 있어. 머리 양옆에 붙은 이것은 뭘까? 호흡 기관이 하나일 리 없으니, 이것도 다 호흡 기관인가? 어쩌면 소화 기관일 수도 있을 테고……."

Z의 과학자들은 인간의 귀가 청각 기관이라고는 전혀 생각하지 못했다. 왜냐하면 그들의 청각 기관은 엉덩이 부위에 뾰족하게 솟아 있었기 때문이다. 아울러 그들의 배설 기관은 인간으로 쳤을 때 발바닥에 위치했는데, 그 수가 다리마다 하나씩 모두 네 개나 됐다.

"아이고! 정말 괴상하네, 괴상해!"

Z의 과학자들은 낯선 생명체에 대해 궁금한 것이 너무 많았다. 그들은 사체를 해부해 인간의 신체 구조를 좀 더 정확히 연구해보기로 결정했다.

Z의 과학자들은 설렘 반 걱정 반으로 심장이 쿵쾅거렸다. 참고로, 그들의 심장은 인간과 달리 머리 안에 들어 있었다. 거기에는 한순간도 쉬지 않고 푸른 피가 박동했다. 그럼 뇌는 어디에 있을까? 그들의 뇌는 가슴 한복판

에 자리한 두 개의 생식기 사이에 코코넛 열매처럼 달려 있었다.

Z의 통치자들은 당분간 괴생명체의 발견을 철저히 비밀에 붙이기로 했다. 주민들이 우주 공간에 또 다른 생명체가 있다는 사실을 알게 됐을 때 일어날 혼란과 불필요한 호기심을 염려했기 때문이다.

Carl Fredrik Hill, <The Last Human Beings>, 연도미상

# 슬픔은 허무해

스스로 무리에서 멀어진 순록이 있었다.

뭐, 특별한 이유를 말하기는 어려웠다. 그 순록은 슬픔을 뜯어먹고 살았다. 추위가 깊고 어둠이 짙으면 슬픔에서 막 얼음이 씹히기도 했다.

황량한 평원은 가도 가도 끝이 보이지 않았다. 슬픔의 생애는 어디에도 이를 데가 없었다. 사람들은 지구가 너무 따뜻해졌다는데, 툰드라의 키 낮은 관목과 젖은 이끼들은 자꾸만 차디찬 슬픔을 밀어 올렸다.

어느 날 사냥꾼이 나타나 그 순록의 이마에 총을 겨누었다.

굉음이 울렸고, 세상에 고깃덩어리 하나가 툭 내던져졌다. 사방을 휘둘러보아도 슬픔은 흔적조차 없었다. 순록의 일용할 양식이었던 슬픔은 다 어디로 사라졌을까. 툰드라에 어울리는 고요만 가득했다.

Amadeo de Souza-Cardoso, <Greyhounds>, 1911

# 사랑을 맞이하는 법
— 시인 자크 프레베르가 가르쳐주는 사랑의 기술

마음의 문을 활짝 열어놓을 것. 그 안에 푹신한 소파를 준비할 것. 그리고 그 사람을 위해 잘 익은 과일을, 갓 내린 커피를, 심플하게 꽃 한 송이를 꽂아둘 것. 다음에는 그 마음을 산책로나 버스 정류장이나 영화관 앞이나, 그 사람의 눈길이 머무는 어느 곳에나 놓아둘 것. 그런 다음 끈기 있게 기다릴 것. 폭우가 내리고 눈보라가 쳐도 마음의 문을 닫지 말 것. 사랑은 쉽게 우연히 찾아오기도 하지만, 여러 해가 걸려 겨우 손을 내밀기도 하는 것. 절대로 사랑이 부질없다고 말하지 말 것. 사랑의 깊이는 그것이 찾아오는 속도와 상관없음을 명심할 것. 어느 날, 그 사람이 찾아오면 잠시 침묵할 것. 서두르다 영영 놓치지 말 것. 손님인지 내 마음의 주인인지 확인할 것. 그리하여 믿을 만한 사랑이라면 조심스럽게 마음의 문을 닫을 것. 그 사람이 다시는 밖으로 나갈 필요

를 느끼지 않도록 모든 것을 바쳐 보살필 것. 함께 노래
하고 함께 슬퍼하고 함께 행복할 것.

Brynolf Wennerberg, <The serenade>, 1914

# 각자도생

네 등의 등창이 내 눈의 다래끼에게 말했다.

"너무 아파. 하루하루 사는 게 힘들어."

내 눈의 다래끼가 네 등의 등창에게 말했다.

"나도 아파. 요즘에는 통 잠도 못 자."

네 등의 등창은 어이가 없었다.

"내 앞에서 그깟 고통을 이야기하다니, 넌 배려심이 없구나."

내 눈의 다래끼도 물러서지 않았다.

"그깟 부스럼 좀 났다고 호들갑이라니, 넌 인내심이 없구나."

네 등의 등창이 한숨을 내쉬었다.

"너도 나처럼 똑바로 눕지 못해봐야 이 답답함을 알지."

내 눈의 다래끼도 가만있지 않았다.

"너도 나처럼 앞을 잘 볼 수 없어 봐야 이 막막함을 알지."

네 등의 등창이 버럭 화를 냈다.

"정말 못됐네. 맹세코, 앞으로는 너랑 놀지 않을 거야!"

내 눈의 다래끼도 지지 않았다.

"누가 할 소리. 이제 너랑 아는 체도 하지 않을 거야!"

그렇게 네 등의 등창과 내 눈의 다래끼는 서로를 외면한 채 각각의 자리로 돌아갔다. 둘은, 그러니까 두 사람은 언제나 그랬듯 각각의 신음을 내뱉을 뿐이었다.

꽤 시간이 흘렀다. 어느덧 등창도 다래끼도 다 아물었다. 하지만 두 사람은 언제나 그랬듯 각각의 삶을 살아갈 뿐이었다. 만 번 넘게 해가 뜨고 저물어도 전혀 달라지지 않았다.

# 쏜살

화살이 날아가며 생각했다.

"지금 내가 제대로 날아가는 걸까?"

화살이 날아가며 또 생각했다.

"여기서 내가 방향을 바꿀 수는 없을까?"

화살이 날아가며 또다시 생각했다.

"대체 나는 무엇을 위해 이렇게 날아가는 걸까?"

화살이 날아가며 거듭거듭 생각했다.

"과연 저기 먼 곳에 나의 행복이 기다리고 있을까?"

화살이 날아가며 내일도 모레도 생각했다.

"한순간도 멈추지 않으므로 나는 날아가는 화살인 걸까?"

쏜살같이 시간이 흘렀다. 쏜살같이 숱한 인연들이 지나갔다. 쏜살같이 과녁에 다다르자, 그사이 무뎌진 살촉과 성긴 깃이 덧없이 쓸쓸했다. 힘껏 떠나온 활시위가 몹시 그립기도 했다. 무엇을 명중命中한들 쏜살같이 허망했다.

Wassily Kandinsky, <The Arrow>, 1943

# 담장이 필요해

사람들이 담장을 꾸짖었다.

"너는 자꾸 우리를 편가르기하는구나. 이쪽과 저쪽, 안과 밖, 나와 너."

담장은 억울했다.

"나를 만든 건 당신들이에요."

하지만 사람들은 듣는 둥 마는 둥 계속 잔소리를 퍼부었다.

"너 때문에 다툼이 일어나는 거야. 너 때문에 우리가 옹졸해지는 거라고!"

담장은 너무 억울해 말문이 막혔다.

몇 날 며칠 속상해하던 담장이 있는 힘을 다해 자신을 무너뜨렸다. 금세 '이쪽과 저쪽, 안과 밖, 나와 너'가 마구 뒤엉켰다. 곳곳에서 비명이 터져 나왔다. 저마다 적당히 나눠 가졌던 욕심과 시기와 증오가 서로 맞부딪혀 악

다구니가 끊이지 않았다.

그제야 사람들은 담장이 왜 필요한지 새삼 깨달았다. 그들은 서둘러 허물어진 담장을 이전보다 더 단단히 쌓아올렸다. 알록달록하게 색깔을 칠하고 담쟁이도 심었다. 겉보기에는 한없이 윤리적이고 공정했다. 사람들은 더 이상 섣불리 담장을 원망하지 않았다.

담장을 사이에 두고 아무것도 구분하지 않는 햇살이 따사롭게 비쳤다. 담장을 사이에 두고 아무렇게나 넘나드는 새들이 아름답게 노래했다.

"사람들은 이 담장이 있어 평화롭게 사는 거야."

"그래, 그래. 사람들은 영영 함께 어울려 살아갈 수 없는 가여운 존재야. 이쪽과 저쪽, 안과 밖, 나와 너."

햇살과 새들의 노랫소리만 담장의 구별에서 자유로웠다.

Virginia Frances Sterrett, <A part of the wall crumbled with a terrible noise>, 1920

# 전생을 기억하는 개

이런 경우를 뭐라고 해야 할지 모르겠다. 나는 또 개로 태어났다. 벌써 세 번의 삶이 내리 견생犬生이다. 하필이면 나는 견생을 살고부터 전생을 기억하는 능력을 갖게 됐다. 나는 지난날 한 번은 똥개로, 한 번은 발바리로 파란만장한 삶을 살았다. 그리고 지금은 일찍이 경험해 보지 못한 순종 말티즈로 불리는 견생을 살고 있다.

말티즈의 삶은 똥개나 발바리의 삶과 완전히 다르다. 아, 나의 전생은 얼마나 춥고 배고팠던가.

똥개였던 시절, 강아지 때 빼고 나는 단 한 번도 목줄에서 해방된 적이 없었다. 시골집 마당 한구석에 묶여 매일 똑같은 풍경만 바라보며 살아야 했다. 주인아주머니가 하루에 한두 번 다 찌그러진 개밥그릇에 쏟아놓는 온갖 음식찌꺼기가 나의 밥이었다. 여름철이면 금세 상해 역한 냄새까지 났지만 그나마 먹지 않으면 목숨을 부지할 수 없었다. 겨울밤의 추위는 또 얼마나 견디기 힘들었나. 나는 얼기설기 나무 궤짝으로 만든 개집 안에서 몸을 잔뜩 웅크린 채 밤새 살이 에이고 뼈가 저려야 했다. 다음날 한낮이 되어 마당에 옅은 햇살이라도 비쳐야 꽁꽁 얼어붙은 것 같은 몸을 겨우 녹일 수 있었다. 그런데 지독했던 그 삶마저 오래 계속되지 못했다. 내가 세상에 태어나 두 번째 맞이했던 여름의 어느 날, 바깥주인은 내 목줄을 우악스럽게 잡아끌어 산으로 올라갔다. 그곳에는 바깥주인의 친구들이 희번덕거리는 눈으로 나를 기다리고 있었다. 그 다음에 일어난 일은 차마 되돌아보기도 고통스럽다. 그것이 나의 첫 번째 견생이었다.

발바리였던 시절도 똥개 때와 별로 다르지 않았다. 딱 하나 나아진 점이 있다면 이따금 목줄에서 해방되었다는 것 정도랄까. 주인아저씨는 무슨 까닭인지 콧노래를 흥얼거릴 적마다 나의 목줄을 풀어주었다. 그렇게 동네 구석구석 돌아다니다 보면 난생처음 보는 구경거리가 신기하고 친구들도 만날 수 있어 신바람이 났다. 똥개 때는 누려보지 못한 호사였다. 하지만 세상에 공짜는 없는 법. 주인아저씨가 외출하면 나는 외로운 파수꾼처럼 꼼짝없이 빈 집을 지켜야 했다. 집 안에 사람이 있어도 낯선 이가 마당에 들어서려고 하면 사납게 짖어 내쫓아야 했다. 만약 그 임무를 소홀히 하면 주인아저씨가 휘두르는 빗자루에 몇 번이나 머리통을 호되게 얻어맞았다. 하기야 툭하면 욕먹고 매맞는 것이 발바리의 숙명 아닌가. 주인아저씨는 술에 취하기라도 하면 아무 죄없는 나한테 발길질을 해대고는 했다. 내가 너무 아파깨갱거리면 "아무 짝에도 쓸모없는 이놈의 개새끼, 당장

보신탕집에 팔아버려야지!"라고 험한 말을 쏟아 붓기 일
쑤였다. 쳇, 먹을 거나 제대로 주면서 괴롭히면 더 불평
하지는 않지. 역시나 찌그러진 개밥그릇에는 사람들이
알뜰히 발라먹고 남긴 생선가시나 찬밥 한 덩어리가 던
져질 뿐이었다.

그러니 내가 지금 말티즈로 살아가는 세 번째 견생이
왜 다행스럽지 않겠나. 인간으로 태어났으면 더 바랄 나
위 없겠지만, 이만해도 고생 끝에 찾아온 낙이라고 할
만하다. 이번 견생에 맞이한 주인아가씨는 나를 마치 자
기 가족처럼 대하니까. 아니, 내가 귀엽다며 맨날 품에
안고 쓰다듬으니 어느 때는 자기 가족보다 더 살갑게 대
하는 것 같기도 하다. 적어도 주인아가씨는 자기한테 항
상 퉁명스러운 남동생보다 나를 더 아끼고 사랑하는 것
이 틀림없다.

나는 이제 찌그러진 개밥그릇에 담긴 음식찌꺼기를 먹지 않아도 된다. 마당 한구석에 묶여 매서운 겨울바람에 시달리지 않아도 된다. 자기 기분에 따라 욕지거리와 발길질을 일삼는 못된 사람들도 곁에 없다. 정말이지 이만하면 괜찮은 견생 아닌가. 인간이라고 해서 전부 제 맘대로 살지는 못하는 듯하니, 차라리 요즘 견생은 웬만한 인생보다 나은 것인지 모른다. 그렇지 않나. 나의 주인아가씨만 해도 몸 씻겨주지, 똥 치워주지, 꼬박꼬박 산책까지 시켜주니 말이다. 얼마 전에는 최고급 개 사료도 모자라 내게 소고기까지 사다 구워줬으니 비로소 개 팔자가 상팔자라는 말이 틀리지 않은 시절이다. 자기 피붙이에게도 그렇게 하지 않는 사람들이 얼마나 많은데. 그럼에도 나는 등 따습고 배부른 안락한 견생을 살며 종종 마음이 울적해지고는 한다. 거실 카펫에 엎드려 곰곰이 옛일을 돌이켜보면, 한때 똥개였던 나와 발바리였던 내가 너무너무 불쌍하기 때문이다. 분명 이미 다 지나간 일이지만, 전생을 기억하는 내게는 지나가버린 일이 아니기도 하니까. 나는 오늘도 한가로이 개껌을 우물거리며 고난의 연속이었던 전생을 애도한다. 그나저나, 다음 생에는 내가 무엇으로 이 세상에 오려나? 그때도 내가 나의 지난 삶을 기억할 수 있으려나?

Paul Gauguin, <Still Life with Three Puppies>, 1888

# 눈물 염전

인간에게는 소금이 꼭 필요하다. 음식의 간을 맞출 뿐만 아니라 살균하고 보존하는 소금의 역할은 인간의 생존에 물만큼이나 필수적이다. 나아가 소금은 거의 모든 생명에게도 없어서는 안 될 물질이다. 소금은 생명체의 몸 안에서 세포를 만들고, 영양을 흡수하며, 혈압을 유지하고, 해독 작용과 면역력을 높이는 데 기여한다.

신도 인간 못지않게 소금이 필요하다. 광활한 바다의 정수가 소금이고, 모름지기 세상을 향한 인간의 지향이 빛과 소금이어야 하는 것은 결코 우연이 아니다. 이 세상은 소금으로 쌓아올린 거대한 성이며, 인간의 삶은 소금으로 절인 짜디짠 한 줌의 시간이다. 천지가 생겨난 이래 신은 소금으로써 세상과 인간을 다스려 왔다.

그래서일까. 인간이 염전에서 소금을 얻듯, 신도 자기 뒷마당에 넓은 염전을 마련해두었다. 신의 염전은 다름 아닌 인간의 눈물로 채워진다. 인간이 흘리는 눈물은 인간이 흘리는 땀보다 품질 좋은 소금을 가졌다. 믿거나 말거나, 인간이 바닷물에서 얻는 소금과 신이 인간의 눈물에서 얻는 소금의 농도는 한 치의 차이도 없이 똑같다.

신은 오늘도 인간의 눈물을 차곡차곡 모아둔다. 인간의 슬픔과 절망이 순결한 눈물을 만든다. 그렇게 눈물 염전이 가득 차오르면 신은 스스로 염부가 되어 땡볕 아래에서 부지런히 소금을 말린다. 그 반짝이는 결정체를 다시 세상과 인간에게 보내 생명의 묘약이 되게 한다. 세상과 인간은 바닷물의 소금으로 숨을 쉬고, 신의 소금으로 반성한다.

Odilon Redon, <Tears(Les Pleurs)>, 1878

# 무심하지 않아서

그 감나무에 까치밥이 남았다.

논바닥에는 굳이 줍지 않은 한 움큼의 낟알이 흩어져

있다.

산열매를 보고도 손을 뻗지 않았다.

새들이 배를 곯다가 노래를 잃지 않겠지. 다람쥐들이 굶

주리다가 나무뿌리를 갉아대지 않겠지.

날이 저물자 달이 밝았다.

저 멀리 누군가 불을 밝혔다.

아직 걸어가야 하는 사람이 길을 잃지 않았다.

무심無心하지 않아 그럭저럭 살 만했다.

# 그러면 어때

달력을 12월부터 시작해 1월까지 넘기면 어때. 달력을
서너 달에 한 번씩 한꺼번에 몰아 넘기면 어때. 사계절을
가을, 겨울, 봄, 여름이라고 말하면 어때. 축구 시합을 후
반전부터 시작하면 어때. 형은 동생이라고 하고 동생을
형이라고 부르면 어때. 남을 나처럼 대하고 나를 남같이
생각하면 어때. 요즘 세상에 남편이 옷을 꿰매고 아내가
망치질하면 어때. 딸이 소주를 마시고 엄마 아빠가 콜
라를 마시면 어때. 해가 뜨는 곳을 서쪽, 해가 지는 곳을
동쪽이라고 하면 어때. 9회 말 적시타가 터졌을 때, 3루
에 있던 주자가 2루와 1루를 돌아 홈으로 들어오면 어
때. 인생은 그럴 수 없지만 역주행하면 어때. 이긴 쪽이
울고 진 쪽이 웃는 건 이미 흔한 일이야. 어른이 귀여운
동시를 읽고 아이가 염세에 빠지면 어때. 우주 안에 내
가 있는 게 아니라 내 안에 우주가 있으면 어때. 대학교

에 먼저 입학하고 나중에 유치원을 졸업해도 상관없잖아. 어쩌면 우리가 진짜 배워야 할 것이 유치원에 다 있잖아. 그래, 관습과 타성을 버리면 어때. 그러면 어때?

# 어리석은 소원

부부가 삼신할머니에게 치성했다.

"비나이다, 비나이다. 제발 아이를 바꿔주십시오. 인간의 도리가 아닌 줄 아오나, 못난 제 아이를 부디 잘난 아이로 바꿔주십시오."

사연인즉, 부부는 결혼하고 10년 만에 얻은 아들이 마음에 들지 않았다. 고슴도치도 제 새끼는 예쁘다는데, 부부의 눈에는 자기들 배로 나온 자식이 영 달갑지 않았다. 아이가 학교 갈 나이가 되도록 글자와 숫자를 떼지 못하는 데다 인물도 부모의 못난 구석만 골라 닮아 볼품없었기 때문이다.

부부는 병원에서 불임 판정을 받고도 삼신할머니에게 간곡히 치성해 자식을 얻은 경험을 떠올렸다. 한 번 일어난 기적, 두 번 일어나지 말라는 법이 없다고 생각했다. 부부는 1년이 넘도록 매일같이 제단을 차려놓고 기도에

기도를 거듭했다.

그들의 정성이 다시 하늘에 닿았을까. 어느 날 기도하다 깜빡 잠든 부부 앞에 삼신할머니가 나타났다.

"애써 점지한 자식을 바꿔달라니, 이 무슨 해괴망측한 소망이란 말이냐?"

삼신할머니가 근심어린 낯빛으로 물었다.

"아이고, 삼신할머니! 저희가 어지간하면 이렇게 부탁드리겠습니까? 아무리 제 자식이라 해도 장차 사내구실, 사람구실이나 하고 살지 도통 믿음이 가지 않습니다. 모쪼록 저희 부부를 불쌍히 여기셔서 한 번만 더 소원을 들어주십시오!"

부부는 꿈인 듯 현실인 듯 기묘한 상황에 다짜고짜 넙죽 엎드려 절을 올렸다. 급기야 눈물까지 흘리며 애걸하는 부부를 삼신할머니도 매정히 모른 척하지 못했다. 삼신할머니가 품 안에 간직하고 있던 인명부를 꺼내 부부에게 어디쯤 펼쳐 보였다. 거기에는 부부를 낳은 부모들의 이름과, 수십 년 전 그들의 곡진했던 소망이 꼼꼼히 적혀 있었다.

"읽어 보거라."

부부는 삼신할머니가 가리키는 곳을 유심히 살펴보았다. 뜻밖에, 부부의 부모들도 삼신할머니에게 똑같은 소망을 기원한 내용이 기록되어 있었다.

"비나이다, 비나이다. 제발 아이를 바꿔주십시오. 인간의 도리가 아닌 줄 아오나, 못난 제 아이를 부디 잘난 아이로 바꿔주십시오."

부부는 너무나 무안해 얼굴이 화끈거렸다. 문득 세상에 없는 부모들이 원망스럽기도 했다. 삼신할머니가 부부에게 말했다.

"이 인명부는 본디 인간계에 내보이는 것이 아니다. 하지만 너희의 기도가 하도 간절해 특별히 보여주었으니 반드시 깨달음이 있어야 할 것이다. 사바세계에 하나부터 열까지 제 욕심을 다 채워주는 부모와 자식이 어디 있단 말이냐? 그럼에도 숱한 사람들이 너희와 같은 속절없는 바람을 갖고 사니 안타까울 따름이다. 이제 너희 부모들의 마음을 알았으니, 너희 자식의 마음도 헤아려 정성껏 양육하도록 해라."

그제야 부부는 자신들의 어리석음을 알아차렸다. 고슴도치만도 못했던 자신들의 자식 사랑을 뉘우쳤다.

George Frederic Watts, <The All-Pervading>, 1887

# 돈과 지성

부자가 자식에게 엄청난 재산을 물려주었다. 부자의 자식은 세상에 태어나 아무 일도 하지 않았으나 밤낮없이 일만 하며 살아가는 사람들보다 훨씬 풍요로웠다.

돈은 원래부터 힘이 셌지만, 영영 소멸하지 않을 듯 대를 이어 더욱 힘이 세졌다. 이 땅은 그런 어처구니없는 일이 명백히 벌어지는 신비의 화수분이랄까. 뭐, 기하급수적 자가 증식을 구현하는 실제의 디스토피아랄까.

허구한 날 뜬구름이나 잡던 몽상가가 삶의 막바지에 다다랐다. 남들이 보기에 그는 허황한 공상가였으나, 스스로 생각하기에는 시대의 선각자였다. 그가 자식에게 그동안 자신이 탐구하고 깨달은 '무엇'을 유산으로 남겨주려고 했다. 하지만 '무엇'은 무형無形이고, 불화不和이며, 결국에는 불가지不可知였다. 하늘과 땅이 열린 이래 자식이 대를 이어 그런 것을 물려받은 전례가 없었다. 대체로 자식이 원하지 않았고, 원한다 한들 실체가 없었으므로.

부모의 삶과 생활이 모두 유산이 되는 것은 아니었다. 돈은 영생하지만 지성은 마치 한해살이풀과 같았다. 자식이 물려받는 돈은 거듭 만 걸음 앞에서 시작하게 했고, 자식이 물려받지 못하는 지성은 매번 처음부터 다시 시작해야만 했다. 그리하여 돈은 갈수록 환영받았으나 지성은 언제나 당대當代의 사사로운 사건으로 그쳤다.

Samuel Ehrhart, <The wheel that can't be stopped–it's human nature>, 1901

# 어느 노부부

이쪽과 저쪽이 서로를 마음에 두었다.
이쪽이 "내가 저쪽으로 갈게."라고 했다.
저쪽이 "내가 이쪽으로 올게."라고 했다.

이쪽과 저쪽이 서로를 사랑했다.
이쪽이 "이쪽으로 와라."라고 하지 않았다.
저쪽이 "저쪽으로 가자."라고 하지 않았다.

이쪽과 저쪽이 서로를 일평생 아꼈다.
이쪽이 "내가 저쪽이 된 것 같아."라고 했다.
저쪽이 "내가 이쪽이 된 것 같아."라고 했다.

이쪽저쪽 다 벼랑인가 싶었는데,
이쪽저쪽 함께 있어 외롭지는 않았다.

Edvard Munch, <Nude Couple on the Beach>, 1916

# 종교가 뭐길래

언덕바지에 고요한 사찰이 샘처럼 맑게 고여 있다. 거기에 들어선 미욱한 중생이 잠시 극락을 걷는다. 산문을 나와 아래쪽으로 조금 내려오면 아늑한 성당이 있다. 길 잃은 양이 두 손 모아 눈을 감는다.

우리 사는 어느 곳의 이야기다. 그 동네에는 관세음보살상과 성모마리아상이 닮아, 고요한 곳과 아늑한 곳에 아무런 경계가 없다. 세상의 헛된 구별은 사람의 일이라 하느님과 부처님이 다르지 않다는 걸까.

그곳의 관세음보살상과 성모마리아상은 미소하지 않는다. 오히려 두 얼굴에 정숙한 슬픔이 스쳐 미욱한 중생과 길 잃은 양이 마음의 자물쇠를 연다. 사람들이 한나절 침묵 속에 앉아 오래된 질문이 된다.

'나는 어디에서 와서 어디로 가는가.'

나의 사랑과 너의 사랑도 다르지 않아 두 손 모아 기도하고 합장한다.

# 식물을 위하여

식물이 화났다. 식물국회라니, 식물인간이라니, 식물경제라니. 식물이 동물에게 하소연했다.

"사람들은 꽃과 풀잎과 나무가 아름답다면서, 왜 식물로는 자꾸 나쁜 의미를 만들까?"

"우리도 마찬가지야. 툭하면 '동물 같은 본능을 참지 못하고'라는 둥 빈정대기 일쑤지."

동물이 자신들의 처지도 다르지 않다며 속상해하는 식물을 위로했다. 하지만 식물의 서운한 감정은 풀리지 않았다.

"그래도 너희는 낫지. 사람들이 운동 경기를 하다 보면 '동물적 감각' 어쩌고 하면서 칭찬하기도 하잖아?"

동물이 듣기에도 그럴싸한 반문이었다. 도대체 사람들은 왜 식물이라는 단어를 유난히 부정적인 수식어로 사용할까? 잠시 생각에 잠겼던 동물이 무릎을 탁 치며 이야기했다.

"흔히 사람들은 움직이지 않으면 죽은 것으로 취급하잖아. 같은 인간끼리도 가만히 있으면 그냥 가마니때기로 안다니까."

동물이 숨을 고르고 나서 덧붙여 말했다.

"그러니까 너희도 한 자리에 가만있지 말고 여기저기 막 돌아다녀봐. 그러다가 너희를 우습게 여기는 사람들을 만나면 참지 말고 대들어보라고. 우리처럼 종종 깨물거나 들이받아야 사람들이 더는 만만히 보지 못해."

그 말에 식물이 깊은 한숨을 내쉬었다.

"그걸 말이라고 해? 우리는 일단 뿌리를 내리면 평생 그 자리에서 꼼짝없이 살아야 하는 운명이야. 여기저기 맘대로 돌아다닐 수 있으면 그게 식물이니?"

동물이 듣고 보니 맞는 말이었다. 인간에게 무시당하는

식물을 위한 해결책이 아무래도 떠오르지 않자, 동물이 고개를 가로저으며 혼잣말을 중얼거렸다.

"사람들은 식물이 제자리에서 얼마나 열심히 살아가는지 몰라. 인간도 식물의 인내와 헌신을 배워야 하는데……"

그날 동물은 식물의 곁을 떠나지 않았다. 식물은 동물에게 뜨거운 낮에는 그늘을 드리웠고, 쌀쌀한 밤에는 이파리와 나뭇가지를 잠자리로 내주었다.

Jef de Schilder, <Creations Pl.05>, 1945

# 덩달아 마트

새로운 마트가 문을 열었다. 커다란 간판에 '덩달아 마트'라는 상호가 굵은 고딕체로 쓰여 있었다. 비단 그 동네 사람들뿐만 아니라 이웃 동네 사람들까지 차를 몰고 덩달아 마트에 쇼핑하러 왔다. 그들은 신장개업한 마트가 어떤지 무척 궁금해했다.

그런데 근처에서 오랜 세월 이발소를 운영해온 아저씨가 시큰둥한 표정으로 중얼거렸다.

"저거 다 오픈 빨이야. 머지않아 사람들이 썰물처럼 빠져나갈 게 틀림없어."

그 말을 들은 세탁소 주인도 맞장구를 쳤다.

"그럼, 어디 저런 걸 한두 번 보나? 전에도 저 자리에 마트가 있었는데 일 년도 되지 않아 손님이 너무 없어 문을 닫았지."

하지만 덩달아 마트는 주변 사람들의 예상과 달리 한

달이 가고 두 달이 가도 문전성시를 이루었다. 1년이 지나고 2년이 흘러도 고객의 발길이 끊이지 않았다.

그 이유가 무엇이었을까?

덩달아 마트 직원들은 시식을 미끼로 호객하는 법이 없었다. 바겐세일을 한다거나 1+1 행사 운운하며 사람들의 호기심을 끌려고 하지도 않았다. 굳이 다른 마트들과 비교해 가격 경쟁력을 내세우는 법도 없었다.

그들이 덩달아 마트에 찾아온 고객에게 하는 말은 언제나 비슷했다. 이를테면 다음과 같았다.

"요즘 이 상품이 유행인데, 아직도 모르세요? 벌써 많은 분들이 구입하셨는걸요."

때로는 좀 더 적극적으로 고객을 자극했다.

"요즘 이 상품 누구나 다 써요. 이런 것도 모르면 주위 사람들한테 따돌림 당해요."

사람들은 유행이라는 말에, 자칫 왕따를 당할 수 있다는 말에 앞뒤 가리지 않고 지갑을 열었다. 오히려 값비싼 물건일수록 사람들이 망설이지 않았다. 그렇게 덩달아 마트는 얼마나 장사가 잘됐는지, 곧 멀지 않은 곳에 또 다른 이름으로 분점들을 내기에 이르렀다. 그곳의 상호는 '우르르 마트'와 '너도나도 마트'였다. 많은 사람들이 덩달아 우르르 몰려가 너도나도 똑같은 물건들을 집어 들었다.

# 자기계발서 시대

우주를 관장하는 여러 신들 가운데 책신冊神이 있다. 그는 우주 한구석에 자신의 서재를 마련해 다양한 책들을 빼곡히 꽂아두었다. 그리고 틈날 때마다 책들을 꺼내 읽으며 즐거운 시간을 보냈다. 때로는 자기도 모르게 탄성을 내질렀고, 때로는 감동이 깊어 눈물을 글썽이기도 했다.

책신의 서재에 꽂혀 있는 책들은 모두 인간의 일대기였다. 무슨 말인가 하면, 지구에서 짧은 한때를 살다 간 갑남을녀의 삶을 저마다 한 권의 책으로 정리해놓은 것이다. 그러니까 각각의 책들에 인류의 까마득한 선조부터 지금은 죽고 없는 가까운 조상의 삶까지 전부 기록해두었다는 뜻이다. 머지않아 우리의 부모와 우리 자신의 삶도 한 권의 책으로 만들어져 책신의 서재를 더욱 풍요롭게 할 것이 틀림없다.

책신의 책들은 똑같은 것이 하나도 없었다. 어떤 책은 두껍고 어떤 책은 얇았으며, 또 어떤 책은 최고급 한지에 쓰인 금박 글인데 어떤 책은 싸구려 갱지에 쓰인 흐리터분한 글이었다. 그게 다 사람들마다 서로 다른 인생을 살다 갔기 때문이다. 무수한 인간의 삶은 장르부터 달라서 누구의 책은 시집 같았고, 누구의 책은 평론집 같았으며, 누구의 책은 순진무구한 동화책 같았다. 또 누구의 책은 무협지 같았고, 누구의 책은 자기계발서 같았으며, 누구의 책은 이것저것 뒤섞어놓은 원색의 잡지 같았다. 가끔은 백과사전 같은 인간의 삶도 있었고, 첫 페이지를 열자마자 머리가 지끈거리는 철학책 같은 삶도 있었다.

'오늘은 어떤 책을 읽어볼까?'

어느 날, 책신이 가지런히 진열되어 있는 책들을 둘러보며 행복한 고민에 잠겼다. 그러다가 문득 한 가지 생각이 머리를 스치고 지나갔다.

"허허, 요즘은 도통 시집이나 철학책 같은 것을 찾아보기 어렵구먼. 이제는 대부분 자기계발서 같은 책들만 들어오고 있어……."

자기계발서가 뭔가. 그것은 말 그대로 자기 계발에 관한 정보를 담지, 자세히 따지고 보면 돈 많이 벌어 출세하거나 사람들 사이에서 절대로 손해 보지 않는 처세를 가르치는 내용이 아닌가. 그만큼 요즘 사람들이 정서를 잃고 실리만 좇는다는 의미였다. 세상의 거짓 속에서 진실을 찾기보다 눈에 보이는 욕심만 좇는다는 의미였다. 어려운 것보다 편리한 것, 양보보다 쟁탈에만 관심을 갖는다는 의미였다.

그렇게 세월이 좀 더 흐르자, 책신은 점점 책 읽는 일이 심드렁했다. 인간의 삶이 다 비슷하게 변해 이 책이 저 책 같고, 저 책이 이 책 같았기 때문이다. 하루가 다르게 서재의 책들은 늘어갔지만 책신이 그곳에 머무는 시간은 갈수록 줄어들었다. 책신이 따분해하며 연신 한숨을 내쉬었다.

Carl Spitzweg, <The Bookworm>, 1851

# 박수와 악수의 기원

드디어 인간이 직립 보행을 했다. 여느 동물처럼 네 다리로 걷다가, 허리를 펴고 머리를 들어 두 다리로 걷기 시작한 것이다. 두 다리로 걸으며 보는 세상은 네 다리로 걷던 때와 달랐다. 무엇보다 시야가 넓어졌고, 그만큼 생각이 많아졌다. 한 인간이 곰곰이 생각에 잠겼다가 말문을 열었다.

"남은 두 다리로는 뭘 할까?"

"글쎄……. 이제 걸음을 걸을 때는 필요 없지만, 높은 나무에 매달린 열매를 따는 데 도움이 되지 않을까?"

그의 곁에 있던 다른 인간이 지금은 팔로 불리는, 두 개의 앞다리를 바라보며 대꾸했다. 듣고 보니 그럴싸했다. 그때 또 다른 인간이 고개를 가로저으며 말했다.

"그래도 우리의 앞다리는 쉬는 시간이 많아졌으니까 뭔가 새로운 역할을 만들어줘야 할 것 같아. 기껏 나무 열매나 따고, 땅바닥에 놓인 물건을 집어 들 뿐이잖아.”

앞서 생각에 잠겼던 인간이 또다시 깊은 생각에 빠져들었다. 잠시 후, 그가 들뜬 목소리로 외쳤다.

“좋은 생각이 났어!”

“뭔데?”

그 자리에 모여 있던 모든 인간의 눈길이 일제히 한 사람에게 쏠렸다. 그가 짐짓 우쭐거리며 이야기했다.

“두 개의 앞다리로 크게 소리를 내면 어떨까? 일단 앞다리의 발바닥을 뒷다리의 발바닥과 구별해 손바닥이라고 부르자고. 그러니까 내 말은, 두 개의 손바닥을 맞부딪쳐 크게 소리를 내면 좋을 것 같다는 거야.”

“왜 그래야 하는데?”

다른 인간이 물었다. 손바닥이라는 명칭을 처음 제안한 인간이 대답했다.

"손바닥으로 큰 소리를 내면 다른 동물들이 깜짝 놀라 달아날 거야."

"그런 일은 그냥 입으로 크게 소리를 내지를 수도 있잖아."

또 다른 인간의 반박에 손바닥의 새로운 역할을 언급한 인간이 다시 대답했다.

"그뿐 아니라…… 두 손바닥으로 친구를 환영하거나 칭찬할 수도 있지 않을까? 반가운 사람이 찾아오거나 누군가 훌륭한 일을 해냈을 때 축하하는 뜻으로 두 손바닥을 맞부딪쳐 큰 소리를 내면 괜찮을 것 같아. 또 서로 사이좋게 지내자는 의미로 손바닥을 마주 잡을 수도 있고 말이야."

역시 온 천지 수두룩한 인간 중에서도 생각이 많은 인간은 달랐다. 이번에는 그 자리에 모인 모든 인간이 별다른 이의 없이 그 의견에 동의했다. 어떻게든 별로 할 일이 없어진 두 앞다리에 새로운 역할이 생겨 다행이라고 여긴 것이다.

그날 이후 인간의 앞다리와 발바닥, 즉 팔과 손바닥은 이전보다 더 쓰임새가 늘어났다. 단지 걷거나 뛰어다닐 때 쓰던 앞다리로 누군가를 환영하거나 축하하게 되었기 때문이다. 나아가 누군가와 오랜만에 얼굴을 마주했을 때는 서로 손바닥을 맞대 적의를 누그러뜨리며 호감을 드러낼 수도 있었다. 인간은 직립 보행 덕분에 더욱 사회적인 동물로 진화해갔다.

Edvard Munch, ‹The Hands›, 1894

# 나, 돌아갈래

흐린 강물이 맑은 강물을 부러워했다.

"나도 맑은 강물처럼 깨끗하고 투명하면 얼마나 좋을까?"

흐린 강물은 맑은 강물이 되기 위해 갖은 노력을 다했다. 한번 더러워진 강물이 말끔해지기는 결코 쉽지 않았다. 그럼에도 흐린 강물은 간절한 희망을 버리지 않았다.

흐린 강물의 바람은 몇 달 후 시작된 여름철에 큰비가 내리고 나서야 겨우 이루어졌다. 거센 빗물에 그동안 쌓였던 구정물이 다 씻겨 내려가 맑은 강물이 된 것이다. 때마침 그곳을 관리하는 관청에서도 주변을 청결하게 정리해 몹시 흐렸던 강물이 더없이 맑은 강물로 탈바꿈했다.

맑아진 강물에는 물고기가 몰려들었다. 강변과 물속에 점점 수풀이 우거져 여러 생명이 살아가기에 쾌적한 환경으로 변해갔다. 그 강은 나비와 새들이 날아들고 사람들이 산책을 즐기는 아름다운 쉼터로 불리기에 손색 없었다. 아침이면 강물 위로 윤슬이 반짝였다.

그런데 맑아진 강물이 마냥 즐겁기만 한 것은 아니었다. 문득, 맑아진 강물은 흐린 강물이었던 때가 못내 그립기도 했다. 무슨 까닭일까? 물이 맑아지자 강은 비밀을 간직하기 힘들었다. 맑은 강물의 일거수일투족이 낱낱이 드러나 마치 사생활이 없어진 것 같았다.

흐린 강물이었던 시절에는 비록 보잘것없을지언정 자기만의 사연을 간직할 수 있었다. 때로는 잘못과 거짓에도 모르는 체하며 시치미를 뗄 수 있었다. 그때는 어떤 물고기든 생명력이 강해야만 살아남아 오히려 더 귀하고 소중했다. 사람은커녕 나비와 새들도 잘 찾아오지 않아 외로웠지만 그래도 언제나 자유로웠다. 윤슬은 없어도 괜찮았다.

한번 더러워진 강물이 말끔해지기 쉽지 않듯, 한번 멀쑥해진 강물이 맘대로 혼탁해지기도 어려웠다. 오랜만에 세상이 건네는 호평을 저버릴 수 없으니까. 애써 듣게 된 칭찬과 격려에 귀를 닫을 수 없으니까. 가까스로 제 품에 안게 된 살아 펄떡이는 부와 명예를 스스로 내팽개칠 수는 없으니까. 맑은 강물은 날마다 품위를 지키기 위해 애썼다. 맑은 강물은 무엇보다 세상의 평가에 민감했다. 이따금 죽을 만큼 괴로워도 부러 아무렇지 않은 척했다.

그 후에도 맑아진 강물은 더러움과는 아주 거리가 먼 양 깨끗이 흐르고 또 흘렀다. 종종 가슴이 답답했지만 세상의 눈치를 살피지 않을 도리가 없었다. 누가 보더라도 일 년 열두 달 한없이 맑기만 한 강물이었다. 훤히 속

속들이 들여다보이는 것들이 맑은 강물의 전부는 아닌데. 사람들이 환호하며 바라보는 맑은 물속이 분명 그 강물의 전부는 아닌데. 밤이 되면, 맑아진 강물이 흐린 강물의 시절을 남몰래 그리워하며 자꾸 뒤척였다.

# 마음먹기 나름

― 선문답 버전으로

"내가 손에 쥔 것을 한 글자로 무엇이라 하겠느냐?"

스승이 주먹을 쥔 채 제자에게 물었다.

"언뜻 보이지 않으나 가득합니다. 바람 풍風입니다."

"아니다, 여기에는 아무것도 없느니라."

스승이 손바닥을 펼쳐 보이자 과연 아무것도 없었다.

"내가 손에 쥔 것을 한 글자로 무엇이라 하겠느냐?"

스승이 주먹을 쥔 채 다시 제자에게 물었다.

"아무것도 없습니다. 빈 공空입니다."

"아니다, 여기에는 바람이 들었느니라."

스승이 손바닥을 펼쳐 보이자 과연 바람이 들어 있었다.

"내가 손에 쥔 것을 한 글자로 무엇이라 하겠느냐?"

스승이 주먹을 쥔 채 또다시 제자에게 물었다.

"스승님의 뜻과 감정, 마음 심心입니다."

제자가 평정심을 잃지 않고 대답했다.

그제야 스승이 껄껄 웃으며 말했다.

"그렇다. 모든 것이 마음먹기에 달렸지.

그것이 곧 바람 풍이기도 하고, 빌 공이기도 하니라."

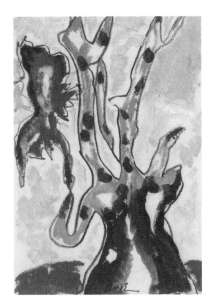

Arthur Dove, <Sycamore>, 1935

# 자기 자신일 뿐

— 선문답 버전으로

스승이 묻고 제자가 답했다.

"36.5+36.5=36.5, 36.5-36.5=36.5, 36.5×36.5=36.5, 36.5÷36.5=36.5이다. 이것이 무엇이냐?"

"인간입니다."

제자의 답변에 스승이 미소 지었다.

"그래, 맞다. 사람의 체온은 더하거나 빼거나, 곱하거나 나누거나 항상 36.5도일 뿐이다. 언제나 자기 자신일 뿐이다."

그리고 스승이 단호하게 덧붙여 말했다.

"명심해라. 나의 희로애락은 오직 나의 희로애락인 것, 너의 희로애락은 오직 너의 희로애락인 것이니라."

제자가 스승에게 공손히 엎드려 절했다.

Marsden Hartley, <Still Life>, 1920

# 시제 없애기

과거, 현재, 미래는 서로 다른 때인가?

과거, 현재, 미래는 완전히 다른 시점인가?

따지고 보면 과거의 징후가 미래다. 현재의 발단이 과거이며, 미래의 준비가 현재다. 삶은 과거와 현재와 미래로 명확히 구별되지 않는다. 어제의 기억인가 하면 오늘의 현실이고, 오늘의 현실인가 하면 내일의 환상이며, 내일의 환상인가 하면 어제의 기억인 것이 우리의 삶이다. 그리하여 걸핏하면 삶의 과거와 현재와 미래가 마구 뒤엉켜 눈앞이 가파르다. 마음이 낭떠러지에 매달려 자꾸만 위태롭다.

지구상 어딘가에는 시제 없는 언어가 있다던가. 그곳에서 '사랑한다.'는 언제나 '사랑한다.'일 뿐이다. 어제 사랑한다. 오늘 사랑한다. 내일 사랑한다. 그러면 사랑에는 가슴 아픈 추억도 없고, 헛된 미련도 없고, 부질없는 약

속도 없겠지.

저명한 언어학자들이 모여 우리말에서도 시제時制를 없애기로 결정했다. 시제 탓에 이 땅에서 살아가는 사람들의 삶이 불안정하다고 판단했기 때문이다. 시제가 사라지면 사람들이 과거에 얽매일 필요가 없으니까. 현재에는 현재만 있을 뿐이고, 괜히 미래를 떠올릴 까닭이 없으니까. 그러자 삶이, 뒤돌아보지 않았다. 그 자리에 털썩 주저앉지 않았다. 구태여 저 너머를 보겠다며 허황되지 않았다.

비로소 사람들이 지금 이 순간에만 충실했다.

Jessie Willcox Smith, <They hugged and kissed each other for ever so long>, 1916

# 네모 바퀴

어느 먼 나라에는 동그라미가 없었다. 따라서 공으로 하는 스포츠가 없었고, 유리병 뚜껑이나 동전을 동그랗게 만들지도 못했다. 심지어 차바퀴는 하나같이 네모 모양이었다. 그 나라 사람들은 자동차가 으레 덜컹거리는 것이라고 생각해 별달리 불평하지 않았다.

그렇게 수백 년이 흘렀다. 어느 날, 아무도 오가지 않던 그 나라에 낯선 사람이 표류했다. 사정이야 어찌 됐든, 그는 수백 년 만에 찾아온 외국인이었다.

그 나라 사람들은 낯선 이방인을 환대했다. 국민성이 원체 순박하고 낙천적이었기 때문이다. 맛있는 먹을거리와 멋진 옷을 내줬을 뿐만 아니라, 가이드가 그를 데리고 다니며 여기저기 관광까지 시켜주었다. 그때 이방인의 눈에 네모 바퀴를 달고 다니는 자동차가 보였다.

"왜 자동차 바퀴를 네모나게 만들었나요?"

도무지 이해가 안 되어 묻는 그에게 가이드가 말했다.

"그럼 어떤 모양으로 만드나요? 자동차 바퀴가 세모 모양이면 너무 불편하잖아요."

가이드는 별 싱거운 소리를 다 듣는다는 표정이었다. 이방인은 하도 어이없어 자기도 모르게 큰 소리가 터져 나왔다.

"아니, 자동차 바퀴를 동그랗게 만들어야 빨리 달릴 수 있지요! 차가 덜컹거리지도 않고요!"

그러면서 이방인은 땅바닥에 직접 동그라미 모양을 그려 보여주었다. 그것을 본 가이드는 신비한 보물이라도 발견한 양 탄성을 내질렀다.

"와우, 당신은 천재로군요! 어떻게 이런 생각을 할 수 있지요?"

가이드는 당장 이방인이 그려준 동그라미 그림을 나라

를 다스리는 관리들에게 전했다. 관리들의 반응도 가이
드와 다르지 않았다.

"그래, 자동차 바퀴를 이렇게 만들면 훨씬 더 빨리 달리
겠는걸! 우리는 왜 여태 이런 생각을 못 했을까?"

그 나라 사람들에게 동그라미 바퀴는 가히 혁명 같은
발상의 전환이었다. 관리들은 통치자에게 건의해 이방인
에게 최고 훈장을 수여했다. 또한 그 나라의 명예 국민
으로 대우하며 집과 땅도 내주었다.

머지않아 그 나라의 모든 차들이 동그라미 바퀴를 달고
씽씽 내달리게 되었다.

# 진짜 어려운 것

"이곳은 풍경이 참 아름답군요. 나도 당신처럼 살고 싶네요."

도시인이 오지를 여행하다 우연히 만난 자연인에게 말했다. 그러자 약초를 캐던 자연인이 하던 일을 잠시 멈추고 물었다.

"혹시 사업이 망했나요?"

"아니요."

"혹시 건강에 문제가 생겼나요?"

"아니요."

"그럼 혹시, 사람이 싫은가요?"

"그럴 리가요."

도시인의 대답을 들은 자연인이 먼 산을 휘둘러보고 나서 또 물었다.

"돈 있고, 건강하고, 사람이 좋은데 왜 굳이 산속에 들어오려고 하나요?"

"……."

그 질문에 도시인은 할 말이 선뜻 떠오르지 않았다. 자연인이 말했다.

"무엇을 잃거나 무엇이 싫어서 산속에 들어오기는 그래도 쉽습니다. 진짜 어려운 건 돈 있고, 건강하고, 사람이 좋은데 제 발로 세속을 떠나는 것이지요. 아쉬운 것 별로 없는데, 스스로 풍요와 편리와 쾌락을 내버리는 것이지요. 선생께서는 그럴 수 있나요?"

도시인은 여전히 말문이 꽉 막혀 아무런 대꾸도 하지 못했다. 그저 속물의 터무니없는 욕심을 들킨 것 같아 낯이 화끈거렸다.

# 방랑자 허수아비

이른 봄날이었다. 핼쑥한 몰골의 허수아비가 결심했다.

"까짓것, 가보자. 어딘들 여기보다 못할까?"

허수아비는 방랑길에 나섰다. 발이 없어 걷는 것이 버거웠지만, 그래도 밭이랑에 하릴없이 처박혀 지내는 것보다는 낫겠다고 생각했다. 한참 길을 가다 보니 다른 허수아비가 보였다.

"어딜 그렇게 가는 거요?"

"딱히 갈 곳은 없습니다. 사는 게 따분하고 참담하여 무작정 길을 나섰지요."

다른 허수아비의 물음에 길 떠난 허수아비가 덤덤히 대답했다.

"사는 게 따분하고 참담하다니, 그게 무슨 말이요?"

다른 허수아비가 어리둥절해하며 물었다.

"우리 신세가 다 그렇지만, 나는 지난가을 내내 밭이랑한가운데 붙박여 파수꾼 노릇을 했지요. 주인양반이 시키는 대로 날짐승과 들짐승을 쫓기 위해 허리 한 번 굽히지 않고 열심히 일했습니다. 하지만 남들 속이기가 어디 쉬운가요? 요즘 세상에 허수아비 무서워할 날짐승과 들짐승이 얼마나 되겠습니까? 참새들마저 내 머리 위에 앉아 똥을 싸대고는 했으니 그 치욕을 어떻게 말로 다 할는지요. 밤이면 멧돼지가 찾아와 아무렇지 않게 나를 들이받기도 했습니다. 하루는 자그마한 고라니 녀석이 이빨이 자라나 가려운지 내 몸에 대고 막 긁어대기도 하더라고요. 그날은 이렇게 살아 뭐 하나, 이만저만 참담한 게 아니었습니다."

길 떠난 허수아비는 오랜만에 말상대를 만나 봇물 터지듯 이야기를 쏟아냈다. 그 허수아비는 마른침을 꿀꺽 삼키고 나서 다른 허수아비를 향해 하소연하듯 말을 이었다.

"또 한낮의 가을 햇볕은 꽤나 뜨거워 종일 서 있다 보면 정신이 몽롱해지기 일쑤였습니다. 말벗 하나 없이, 하루하루 사는 게 무상無常할 따름이었지요. 낡은 밀짚모자에 너덜거리는 셔츠 한 장 걸친 나의 비루한 모습이 한심하기 짝이 없었습니다. 그럴 때면 새들의 지저귐이 꼭 나를 조롱하는 것 같았어요. 나비며 잠자리며 내 주위를 맴돌면 자기들끼리 뭔가 쑥덕거리는 듯해 기분이 영 나빴습니다. 그래요, 나도 자격지심인 줄 압니다. 하지만 삶이 고되고 외로우니 자꾸만 우울해지더라고요. 지난겨울, 나는 아무도 찾아오지 않는 밭이랑에 홀로 남아 그토록 매서운 북풍한설을 온몸으로 견뎌야 했습니다. 그야말로 허수아비 일생이 헛되고 또 헛되다 싶더군요. 이제 머지않아 완연한 봄이 되면 사람들이 다시 밭

에 나와 거름을 뿌리고 씨앗을 심겠지요. 그러고는 늦여
름이 되면 일찌감치 망가진 내 몸을 손봐 지난해와 똑
같이 파수꾼 역할을 맡길 것이 틀림없습니다. 아, 다람쥐
쳇바퀴 같은 일상이여! 쭉정이요, 핫바지요, 꼭두각시
같은 허수아비의 삶이여!"

그제야 다른 허수아비는 길 떠난 허수아비의 심정을 이
해했다. 스스로 방랑자가 되기로 한 허수아비의 용기에
감격해 자신도 동행하기로 마음먹었다.

"사형師兄, 나랑 같이 떠납시다. 우리 둘 다 별 볼 일 없
는 처지라도 서로에게 길동무가 될 수는 있지 않겠소?"

그 허수아비는 먼저 방랑길에 나선 허수아비보다 나이
가 좀 있어 보였지만, 기꺼이 몸을 낮춰 당부했다. 사는
게 따분하고 참담했던 허수아비도 거절할 이유가 없었다.

William Wallace Denslow, <Denslow's Scarecrow and the tin-man>, 1904

# 이정표 선생님

이정표 선생님은 몹시 허탈했다. 이제는 하루 종일 서 있어도 눈길 한 번 제대로 주는 사람이 별로 없기 때문이다. 하기야 시대가 달라진 것을 어떡할까. 마냥 좋았던 한때의 시절은 지나가게 마련이고, 세상 무엇도 흥망성쇠의 법칙을 벗어나지 못한다.

"좀 더 세월이 흐르면 이정표라는 말조차 사람들이 까맣게 잊어버리겠지?"

이정표 선생님이 혼잣말을 중얼거렸다. 그도 그럴 만했다. 이제 사람들은 모르는 길을 갈 때 이정표를 보는 것이 아니라 내비게이션을 켰다. 그러니 누구도 애타게 이정표를 찾지 않아, 어느덧 거리의 이정표는 정물화가 든 액자 신세와 다름없게 되었다.

선생님은 또 어떤가. 선생님의 그림자도 밟지 않는다던 시대는 이미 옛날이고, 선생님이 교사일 뿐인 시대도 빠르게 저물고 있다. 이제 사람들은 모르는 것이 있어도 선생님을 찾지 않는다. 인터넷에 접속하면, 거기에 모든 지식의 비밀이 낱낱이 공개되어 있으니까. 학교는 학벌을 증명할 뿐이고, 공부는 삶의 탐구가 아니라 생활의 도구일 뿐이다.

"더는 선생님이 앞서 인생을 살아온 존경받는 어른이 아니야. 꼰대라고 비아냥대지나 않으면 다행이지, 뭐. 언젠가 선생님이라는 말도 사라져 세상에는 지식 공급자들만 남을 거야."

이정표 선생님이 한탄했다. 그 사이에도 사람들은 너나없이 컴퓨터에 부팅해 길을 찾고 정답을 물었다. 아울러 식탐하고, 관음하고, 맹종했다.

Nicholas Roerich, <The Shadow of the Teacher>, 연도미상

# 자괴감에 빠진 에스컬레이터

에스컬레이터가 정신과에 찾아가 상담했다.

"요사이 저는 심한 자괴감에 빠져 지냅니다. 제가 세상에 존재하는 이유를 잘 모르겠어요. 제가 갑자기 사라진들 누가 슬퍼할까요?"

의사가 에스컬레이터의 말을 귀 기울여 듣고 나서 물었다.

"19세기 말에 당신이 처음 등장한 이래 얼마나 많은 사람들이 좋아했습니까? 당신 덕분에 몸이 불편하거나 나이 많은 어르신들이 높은 곳에 올라가기 한결 수월해졌지요. 젊은 사람들도 당신을 편리하게 이용해왔고요. 그런데 왜 자부심이 아니라 자괴감을 갖나요?"

의사가 위로했지만 에스컬레이터의 표정은 여전히 어두웠다. 에스컬레이터가 자기 심정을 누가 알겠느냐는 듯 심드렁히 되물었다.

"박사님은 지하철역에도 안 가보셨나요?"

"그럴 리가요. 저도 가끔 지하철을 타는걸요."

"그러면 저를 이용하는 사람들을 보셨겠네요? 그들이 제 몸에 기대어 가만히 서 있던가요?"

"무슨 뜻으로 하는 말씀인지요?"

의사는 에스컬레이터의 질문을 쉬 이해하지 못했다. 에스컬레이터가 말을 이었다.

"이제 사람들은 저를 이용하면서도 가만히 서 있는 법이 없어요. 특히 젊은 사람들은 저를 밟고 우당탕탕 오르내리기 일쑤지요. 바쁜 출근 시간이면 그래도 괜찮아요. 열차나 버스 도착 시간이 임박해 그러는 것이라면 상관없지요. 하지만 아니에요. 요즘 사람들은 제가 저절로 움직이는데도 답답해해요. 제 속도가 불만인지, 누가 앞쪽에 그냥 서 있기라도 하면 요리조리 피해 몸을 움직이지요. 왜 그렇게 안달복달 조바심을 내는지 모르겠어요. 그런 사람들은 걷는다기보다 내달리는 것 같아요. 그러다가 다른 사람을 슬쩍 건드리는 것쯤은 신경 쓰지 않지요. 대개는 딱히 바쁠 것도 없어 보이는데…… 습관이에요, 습관!"

에스컬레이터는 짐짓 흥분해 목소리가 커졌다. 의사가 물 한 잔을 따라 건네며 에스컬레이터를 진정시켰다.

"말씀을 듣고 보니 어떤 상황인지 알겠습니다. 자존감을 잃어 심한 무기력증이 나타난 듯하네요. 이대로 두면 더 나빠져 신경쇠약증이 될 수 있으니 약을 처방해드리겠습니다. 당분간 일을 그만두고 푹 쉬면서 몸과 마음을 편히 하세요."

에스컬레이터는 더 이상 아무 말도 하지 않고 그 길로 병원 문을 나섰다. 정신과를 찾아온 보람도 없이 공연히 의사를 원망했다.

"쳇, 의사들은 항상 똑같은 소리만 해. 누구는 쉬고 싶지 않아서 안 쉬나? 그래도 나를 간절히 기다리는 사람들이 있는데 어떻게 일을 내팽개치겠어?"

에스컬레이터는 자기 자리로 돌아가 다시 이른 새벽부터 밤늦게까지 맡은 바 책임을 다했다. 그러다 보니 번번이 탈이 났지만 의사의 조언대로 마냥 쉴 수는 없었다. 어느 날 에스컬레이터가 또다시 고장나자 높은 계단 앞에 황망한 얼굴로 서 있는 노인들이 보였다. 그럴 수 있다면, 에스컬레이터는 가만히 서 있을 사람들에게만 자기 등을 내주고 싶었다.

# 어른의 세계

a가 b를 만나 c를 험담했다.

b가 c를 만나 a를 험담했다.

c가 a를 만나 b를 험담했다.

a가 c를 만나 b를 질투했다.

b가 a를 만나 c를 질투했다.

c가 b를 만나 a를 질투했다.


그럼에도 a, b, c는 무턱대고 평화를 깨뜨리지 않았다.

함께 만나면 화기애애했고, 기묘한 균형 감각을 발휘했다.

Edvard Munch, <Jealousy>, 1913

# 사실은 그렇지 않아

어릴 적에는 어른이 부럽다. 어른은 뭐든 자기 맘대로 하는 것처럼 보인다. 어른은 돈 벌어 제 맘대로 쓰고, 툭 하면 소파에서 뒹굴며 이리저리 리모컨만 돌린다. 그러다 갑자기 자식에게 잔소리를 해대거나, 자기와 별 상관없는 정치인들을 들먹이며 화를 내고는 한다. 밤늦도록 친구를 만나 술 취하는 날들은 또 얼마나 많은가. 어른은 학교에 다니지 않으니 숙제도 없다. 아이가 보기에 어른은 하고 싶은 것만 하고, 하기 싫은 것은 하지 않아도 된다.

하지만 어른이 생각하는 어른은 전혀 그렇지 않다. 맨날 돈에 허덕이면서, 사는 게 무료해 멍하니 텔레비전만 들여다보고는 한다. 자식마저 뜻대로 커가지 않아 서운하고 나라꼴은 늘 엉망진창이다. 왠지 자기만 빼놓고 다 잘 먹고 잘사는 것 같아 밤거리를 비틀대며 자괴감에 빠져들고는 한다. 그저 공부만 열심히 하면 됐던 학창 시절이 얼마나 그리운지. 어른이 되는 것은 쉬워도 어른으로 살아가는 것은 어렵기 짝이 없다. 어른은 하고 싶은 것도 하지 말아야 하고, 하기 싫은 것도 해야만 한다.

# 난 그런 실수 절대 안 해

오래전 일이다. 중학교 담임선생님이 반장을 불러 시험지 채점을 맡겼다. 반장은 교무실 책상에 앉아 선생님이 건넨 정답지와 학생들이 제출한 답안지를 대조하는 방식으로 점수를 매겼다. 참고로, 담임선생님의 책임 방기는 이 글의 핵심이 아니다.

며칠이 지나고 나서 담임선생님이 시험 성적을 공개했다. 그런데 한 학생이 보기에 아무래도 반장이 채점한 시험 성적이 이상했다. 그가 망설임 끝에 반장을 찾아가 물었다.

"반장, 내가 시험지에 표시한 답으로 몇 번이나 채점해봤는데 점수가 적게 나온 것 같아. 선생님한테 말씀드려서 답안지를 확인해줄래?"

그런데 반장은 단칼에 같은 반 친구의 부탁을 거절했다.

"싫어! 난 그런 실수 절대 안 해!"

자기 시험 성적에 의문을 품었던 학생은 말문이 막혀 더는 아무런 이야기도 하지 못했다. 그렇다고 어린 마음에 직접 담임선생님에게 찾아가 이의 제기를 할 용기도 없었다.

그 후 많은 세월이 흘렀지만, 그 학생은 아직도 그때 일을 잊지 못한다. 어떻게 열댓 살밖에 되지 않은 아이 입에서 "난 그런 실수 절대 안 해!"라는 말이 나올 수 있었는지 여전히 가슴이 먹먹할 따름이다.

Ralph Barton, <The lie of the last minstrel>, 1917

# 공감은 가능한가

인간은 여느 동물과 달리 타인의 슬픔에 공감할 줄 안다, 라고 믿었다. 그래서 이웃집에 크나큰 슬픔이 닥쳤을 때 마을에서는 당장 '눈물 모금' 행사를 열었다. 평소 그 집과 알고 지내던 마을 사람들이 눈물을 모아 위로를 전하려고 한 것이다. 나의 슬픔에 공감해 함께 울어주는 사람들이 곁에 있다는 사실은 얼마나 따뜻한 격려인가.

마을 대표가 소담한 항아리를 들고 집집이 돌아다니며 눈물을 모았다. 슬픔의 깊이에 차이가 있는 것은 어쩔 수 없는 일이라, 저마다 얼마큼씩 눈물을 기부하는지는 비밀에 부치기로 했다. 그저 자기 마음이 가는 대로, 자신이 공감하는 슬픔만큼 눈물을 쏟아 항아리에 부어주면 그만이었다. 그 순간에는 마을 대표도 항아리에서 고개를 돌려 눈물 모금에 참여하는 사람들의 프라이버

시를 지켜주었다.

이튿날, 마을 대표와 몇몇 사람들이 눈물을 모은 항아리를 들고 크나큰 슬픔을 겪고 있는 이웃집으로 향했다. 그 집은 여전히 경황이 없었지만 마을 사람들의 정성어린 위문에 감격했다.

"고맙습니다. 여러분이 이렇게 마음을 써주시니 힘이 나네요. 우리 식구들 모두 이번 슬픔을 잘 이겨내 하루빨리 다시 일어서겠습니다."

크나큰 슬픔이 닥친 이웃집에 다행히 생기가 감돌았다. 그런 것이 더불어 살아가는 공동체의 미덕 아닌가. 인간은 결단코 외로운 존재가 아니었다. 마을 대표가 눈물이 가득 담긴 항아리를 건네자 이웃집 가장이 굉장한 보물이라도 되는 양 소중히 받아들었다.

곧 마을 사람들이 돌아가고 난 뒤, 이웃집 식구들은 한 자리에 모여 조심스레 항아리를 열어보았다. 그리고 슬픔에 공감한 마을 사람들의 눈물이 얼마나 짠지 너나없이 새끼손가락에 묻혀 혀에 대보았다. 슬픔에는 그만한 위로가 없으니까. 누군가 나의 슬픔을 이해해준다면, 슬픔을 극복하는 데 그만한 응원이 없으니까. 그런데 이게 어떻게 된 일인가! 눈물이 하나도 짜지 않았다. 염도 낮은 맹탕이 아니라 그냥 맹물 그 자체였다.

사연인즉, 마을 대표가 항아리를 들고 간 집마다 하나같이 눈물이 나오지 않아 고역이었다. 분명 저 집 사람들 참 안됐네, 불쌍해서 어떡해, 하며 안타까워했는데 정작 눈물은 한 방울도 나오지 않았던 것이다. 그래서 사람들은 고민 끝에 눈물 대신 몰래 맹물을 떠 슬그머니 항아리에 부었다. 다른 사람들이 이웃집의 크나큰 슬픔에 공감해 눈물을 흘릴 테니, 나 하나쯤 맹물을 부어도 절대로 표가 나지 않으리라 생각했다. 알고 보니 나 혼자만이 아니라 마을 사람들 전부 똑같은 행동을 해 문제였지만.

그 일이 있고 난 후 세상에는 섭섭하고 언짢은 소문이 스멀스멀 번져갔다. 인간은 여느 동물과 달리 타인의 슬픔에 공감할 줄 안다, 라고 믿기 어려웠다.

# 둥지를 떠나지 못하는 인간

인간을 만든 신이 말했다.

"너희는 끝내 둥지를 떠나지 못하리라."

신은 금단의 열매를 따 먹은 인간에게 또 하나의 벌을 내렸다. 인간은 선악을 알아 낙원을 잃게 된 것 말고도, 영영 헤어나지 못할 관계의 둥지에 발이 묶였다.

이것이 무슨 말인가?

대부분의 어류와 곤충, 양서류, 파충류 등은 번식 행위를 마치고 나면 알이나 새끼를 돌보지 않는다. 그에 비해 조류와 포유류는 일정 기간 어미가 새끼를 양육한다. 하지만 그 경우도 새끼가 스스로 먹이를 구할 수 있을 만큼 자라면 곧바로 어미 곁을 떠나 독립한다. 완전한 각자도생의 삶이 자연의 섭리인 것이다.

그런데 인간만은 유일하게 성장을 마친 후에도 둥지를 떠나지 않는다. 눈에 보이는 생활의 근거지는 독립할지

언정 부모 자식으로서 인연의 끈은 결코 끊어지지 않는다. 서로에게 의무와 권리를 가지며 감정의 교류를 돈독히 해가는 것이다. 나아가 부모 자식의 인연은 형제와 조부모, 삼촌, 고모, 이모 같은 지류로 이어져 거대한 가계도를 완성한다. 왜 그럴까? 그래서 인간이 만물의 영장이라는 걸까?

신이 인간에게 말했다.

"너희는 죽는 날까지 둥지를 떠나지 못하리라. 여느 생명과 달리 얽히고설킨 관계로 불필요한 애증을 만들고, 때로는 '나'를 훼손할 것이니라. 영생이 너희의 것이 아니듯 자유도 너희의 것이 아니리라."

물론 세상에는 영영 헤어나지 못할 관계의 둥지에서 행복해하는 사람들이 많다. 하지만 그들은 그것이 부자유라는 사실을 깨닫지 못할 따름이다. 그것은 분명 자연의 섭리가 아니다.

Oskar Kallis, <Päikese suudlus>, 1917

# 화목과 불화

대중음악 한 곡의 연주는 1천 개가 훌쩍 넘는 음으로 이루어진다. 각각의 음을 여러 악기들이 합주하니 모두 더해 그런 것이다. 거기에 사람의 목소리도 더해진다. 서로 다르면서 서로 같은 1천 개가 훌쩍 넘는 음이 어울려 멋진 노래 한 곡을 들려주는 셈이다. 서로 뜻이 맞고 정다우니, 그것이 화목和睦이다.

대중음악 한 곡이 그럴진대, 한 가정의 행복은 리듬과 멜로디와 화음이 얼마나 조화롭게 어울려야 할까. 이따금 어느 가정에서는 불화不和가 음악을 깨뜨린다. 유리창이 산산조각 나듯 여러 악기가 함께 연주해온 무수한 음이 사방으로 흩어진다. 기타와 건반과 드럼은 말할 것 없고 사람의 목소리까지 전부 파편이 된다. 그러니 아름다운 음악을 연주할 수 없다. 더는 가슴 뭉클한 노래가 들리지 않는다.

## 인생의 필수품

한 여행자가 짐을 챙겼다. 이번 여정은 수십 년이 걸릴지 모를 만큼 길었다. 그는 다른 무엇보다 먼저 망원경과 현미경, 그리고 잠망경을 넣었다.

"길을 가다 보면 분명 먼 곳을 바라봐야 할 때가 있을 거야. 때로는 눈앞에 맞닥뜨린 문제를 아주 세밀하게 들여다봐야 할 때도 있겠지. 멀리 내다봐야 할 것을 그렇게 하지 못하고, 자세히 살펴봐야 할 것을 그렇게 하지 못하면 낭패를 겪을 수밖에 없어."

여행자는 계속 혼잣말을 중얼거렸다.

"오랫동안 길을 가다 보면 지루한 일상에 환멸과 허무가 스며들기도 할 거야. 그럴 때면 꼭 필요한 것이 잠망경이지. 나만의 시간과 공간으로 숨어 들어가 주위를 두리번거리는 데는 이만한 게 없어. 그 관찰이 나를 좀 더 성장시킬 거야."

많은 사람들이 여행을 떠날 때 굳이 없어도 괜찮을 짐들로 가방을 가득 채운다. 하지만 슬기로운 여행자는 여행의 필수품이 무엇인지 잘 알고 있다.

Paul Klee, <Rich Harbor(Picture of a Journey)>, 1938

# 논리적 모순

일개미들이 모처럼 한가했다. 오랜만에 산등성이로 소풍 가 야유회를 즐겼다. 서로 술잔도 건네며 얼큰하게 취기가 올랐다.

"강물은 천년만년 유장하게 흐르는데 우리의 삶은 너무나 짧구나……."

문득 한 개미가 산 아래쪽 강물을 내려다보며 탄식했다.

"꽃들은 졌다가도 또 새롭게 꽃을 피우는데 우리의 삶은 그렇지 못하구나……."

다른 개미는 만개한 철쭉 군락을 바라보며 슬퍼했다.

그 말을 들은 모든 일개미들의 낯빛이 갑자기 망연하고 허탈했다. 오랜만에 재밌게 놀아보자고 만든 자리가 신세 한탄의 장이 된 것 같았다.

그때, 가만히 일개미들의 야유회를 지켜보던 늙은 소나무가 참견했다.

"자네들 말에는 논리적 모순이 있네. 난 이 자리에서 이백 년을 살았지. 한데 오늘의 강물이 어제의 강물이었던 적은 단 한 번도 없었어. 또 올해 핀 꽃이 작년의 꽃은 아니지 않나? 오늘의 강물은 어디에 이르러 증발될 것이며, 다시 활짝 핀 꽃도 언젠가는 시들어버릴 것이 틀림없네. 자네들이 자손을 이어가듯, 증발된 강물은 비가 되어 내리고 꽃 진 자리에서는 새 움이 돋겠지. 그러니 누구라도 자연 앞에서 불평할 일은 아닐세."

늙은 소나무의 말에 일개미들은 아무 대꾸 없이 술잔만 주고받았다.

# 또 하나의 슬픔

어느 프로야구 팀에 대주자 전문 선수가 있었다. 그는 시즌 내내 타석에 들어서는 횟수가 손에 꼽을 정도였다. 그러니까 주전 선수라기보다는 팀이 결정적 찬스를 잡았을 때 발이 느린 주자를 대신하는 것이 그의 역할이었다.

그는 달리기가 빠른 데다 상황 판단 능력이 좋아 팀에 큰 보탬이 됐다. 타격과 수비 솜씨는 별로였으나 다른 선수들과 구별되는 특기를 가져 2군에 내려갈 일이 없었다. 그런데 어떤 관중들은 그 선수를 볼 적마다 야릇한 슬픔을 느꼈다. 방망이와 글러브가 필요 없는 야구 선수라니. 가련한 재능일까. 날쌔게 베이스를 돌아 내달리는 그의 등을 바라보며, 어떤 관중들은 차마 환호하지 못했다.

Reijer Stolk,
<Anatomische studie van de hals-, arm- en beenspieren van een man>, 1906

# 그랬더라면

세상에서 제일 먹어보고 싶은 라면은 '그랬더라면'이다. 여기서 '그랬더'는 '먹었더'나 '말했더' 등으로 다양하게 변주할 수 있다. 이러거나 저러거나 후회와 미련이 담겨 있으면 그만인 라면이다.

실없이 웃자고 한 소리지만, 그랬더라면에 군침 흘리는 사람이 어디 한둘일까. 키가 5센티미터만 더 자랐더라면, 시험 성적이 10점만 더 높았더라면, 그때 10분만 더 참았더라면 내 인생이 달라졌을지 모를 일이다. 아파트를 1년만 더 늦게 팔았더라면, 그 회사 주식을 샀더라면, 로또 복권 번호를 다르게 썼더라면 지금 한창 부귀영화를 누리고 있겠지. 적어도 조금 일찍 잘못을 알아챘더라면, 눈 딱 감고 모른 척했더라면, 그 사람에게 그 말을 하지 않았더라면 이런 마음고생은 하지 않겠지.

세상에서 제일 궁금한 라면 맛은 그랬더라면이다. 어느 날

밤에는 너무 먹고 싶어 잠도 오지 않는 그랬더라면이다.

# 최선은 없어

어느 회사 신입사원이 회식 자리에서 선배들에게 다짐했다.

"최선을 다하겠습니다!"

그것은 자신의 온 정성과 능력을 맡은 바 업무에 쏟아붓겠다는 말이다. 최선이란 단어에는 '가장 좋고 훌륭함'이라는 뜻도 있으니, 자신이 할 수 있는 최대치의 노력으로 최상의 결과에 도달하겠다는 것이다. 그런데 그의 다짐을 들은 한 선배가 갑자기 술잔을 벌컥 들이켜고 나서 중얼거렸다.

"아, 우리의 인생에 최선이란 것이 가능한가? 나는 내 부모에게 최선이고, 내 아내에게 최선이며, 내 자식들에게 최선인가? 또한 내 부모와 아내와 자식들은 나에게 최선인가? 나는 나 자신에게 최선인가? 내가 남성이고, 회사원이고, 한국인이고, 서울 시민이고, 40년 넘게 삶을 이어오는 것은 최선인가?"

그 선배의 기이한 행동이 처음은 아닌 듯, 다른 동료들은 낄낄거리며 박수로 화답했다.

"김 과장, 좋아! 오늘도 개똥철학 멋지게 한번 썰 풀어봐!"

직장 동료들이 그러거나 말거나 김 과장이라고 불린 선배는 신입사원을 향해 더 큰 소리로 말을 이었다. 그냥 농담이라고 웃어넘기기에는 그의 표정이 너무 진지했다.

"이봐, 신입. 우리의 인생에 최선은 없다, 라는 것이 내 생각일세. 최선은 환영일 뿐이며 불가능한 꿈이야. 자네가 아무리 '최선을 다하겠습니다!' 하고 다짐해봤자 우리의 인생이 다다르는 곳에는 전부 차선次善만 있지. 그래서 인간은 평생 허기와 결핍을 벗어나지 못하는 거라네."

"허허, 김 과장의 개똥철학이 오늘은 더 죽여주는구먼!"

여전히 동료 직원들은 낄낄대며 김 과장의 말을 허튼소리로 여겼다. 단 한 사람, 면전에서 그의 이야기를 듣는 신입사원만 바짝 긴장한 얼굴로 "네, 네" 소리를 반복했다. 하지만 머지않아 신입사원 역시 김 과장의 개똥철학을 들으며 낄낄거릴 것이 불 보듯 뻔했다.

# 인생은 숫자

한 사람이 있다. 그는 아침 7시에 일어나, 한 장에 300원
쯤 하는 식빵에 7천 원 주고 산 딸기잼을 조금 발라 먹
고 출근길에 나선다. 그의 집은 아파트 9층에 있다. 그
날도 그는 지하철 7호선을 타고, 건대입구역에서 2호선
으로 환승한다. 며칠 후면 앞자리가 920051로 시작하
는 그의 은행계좌에서 한 달 치 교통 요금 62,400원이
빠져나갈 것이다. 그는 을지로 3가에 있는 한 빌딩에 다
다라 12층에 있는 사무실까지 엘리베이터를 타고 올라
간다. 그의 손에는 지하철역 앞에서 산 3,500원짜리 커
피가 들려 있다. 그가 서둘러 사무실의 자기 자리에 앉
았을 때 벽시계는 8시 50분을 가리킨다.

그는 그날 점심시간에 순댓국을 사 먹고 1만 원을 카드
로 지불한다. 오후에는 한 개에 2,200원 하는 도넛을
간식으로 사 먹고, 6시 정각에 퇴근해 출근 때와 정반

대 코스를 밟아 집으로 돌아온다. 이번에는 그의 손에 동네 편의점에서 구입한 2,500원짜리 캔맥주가 들려 있다. 그날 저녁에 그는 한 인터넷 사이트에 회원으로 가입하려고 920812로 시작하는 주민등록번호를 기입하며, 전화번호 끝자리가 4480인 친구에게 연락해 주말에 만나자고 약속한다. 잠자리에 들기 전 그는 체중계에 올라가 몸무게를 재보는데 어제와 똑같이 72.5라는 숫자가 찍힌다.

한 사람의 일과를 정리해보니 '인생은 숫자'라는 정의가 영 과장은 아니지 않나? 어디 일과뿐이겠는가. 어느 날 그는 자기 집 903호에서 나와 172번 버스를 타고 대학병원 1203호실에 입원한 사촌형의 병문안을 갈 수도 있다. 귀갓길에는 오랜만에 백화점에 들러 큰맘 먹고 30만 원짜리 양복을 살지 모른다. 휴일에는 채널 5에서 중계하는 국가대표

팀 축구 경기를 보며 등번호 7을 달고 뛰는 손흥민을 응원할 수도 있다. 그 경기에서 3 대 1 정도로 한국 팀이 승리한다면 더없이 기분이 좋을 것이다. 어쩌면 그는 다음날 직장 동료의 결혼식에 가기 위해 현금 10만 원을 미리 인출해둬야 할 수도 있다. 아마도 그날은 새로 구입한 30만 원짜리 양복을 차려입을 것이다. 결혼식장까지 택시를 타고 가면 12,000원쯤 나오려나?

우리의 인생은 온통 숫자에 둘러싸여 있다고 해도 틀린 말이 아니다. 아침에 눈 떠서 저녁에 잠들 때까지 우리는 숫자로 먹고 입고 움직인다. 이따금 하늘의 별을 헤아리거나, 오래전 추억을 떠올리며 언제 적 일인지 곰곰이 햇수를 따져보기도 한다. 우리가 만난 지 얼마나 됐는지, 사랑하는 이를 떠나보낸 세월이 얼마인지, 얼마나 더 시간이 흘러야 봄이 찾아올는지 그것을 다 숫자로 이야기할 수 있다.

# 화무십일홍

붉은 꽃이 붉은 눈물을 흘린다. 화창한 봄날인데 마음에는 여태 북풍이 휘몰아친다.

그런 존재가 있다. 그런 생활이 있다. 가장 찬란한 한때에 스스로 슬픔의 밀물에 잠겨 가쁜 숨을 몰아쉬는 부조리.

"덧없구나, 인생이여! 머지않아 산산이 흩어지고 말 나의 향기여!"

붉은 꽃의 한탄이 그늘처럼 고인다. 사람들이 다가와 만개한 아름다움에 감탄하지만, 붉은 꽃은 슬며시 고개를 돌린다. 사람들이 환호하며 사진을 찍지만, 붉은 꽃은 오래된 침묵처럼 미소하지 않는다.

이게 다 화무십일홍花無十日紅 때문이다.

붉은 꽃은 일찍이 생의 유한과 허무를 깨달아 쾌락에 충실하지 못한다. 대체 어느 생장과 소멸이 삶의 의미를 운운한단 말이냐. 문득문득 날카로운 비수같이 심장을 파고드는 인생무상을 도무지 어떡한단 말이냐.

저녁이 되자, 한 청년이 붉은 꽃 아래에 홀로 주저앉아 담배를 피워 문다. 빨간 불꽃이 저 너머까지 타들어가 하얀 재로 변하면 그의 청춘도 저물겠지. 붉은 꽃이 흘리는 눈물이 청년의 가슴에 스민다.

며칠 후, 붉은 꽃 진 자리에 잠깐 적막이 다녀갈 것이다.

Karl Wiener, <Föhnwolken>, 1944

**달아실에서 펴낸 조항록의 책**

시집 『나는 참 어려운 나』(2023)
산문집 『아무것도 아닌 아무것들』(2023)


조항록 우화집

# 전생을 기억하는 개

| | |
|---|---|
| 1판 1쇄 발행 | 2024년 6월 21일 |
| 지은이 | 조항록 |
| 발행인 | 윤미소 |
| 발행처 | (주)달아실출판사 |
| 책임편집 | 박제영 |
| 편집위원 | 김선순, 이나래 |
| 디자인 | 전부다 |
| 법률자문 | 김용진, 이종진 |
| 주소 | 강원도 춘천시 춘천로 257, 2층 |
| 전화 | 033-241-7661 |
| 팩스 | 033-241-7662 |
| 이메일 | dalasilmoongo@naver.com |
| 출판등록 | 2016년 12월 30일 제494호 |

ⓒ 조항록, 2024
 ISBN 979-11-7207-016-8  03810